U0009116

藍小說 946

村上朝日堂

村上春樹

安西水丸 繪圖

賴明珠 譯

目錄

都市漫步

村上朝日堂

都市漫步

打工

我學生時代，說來也有十多年前的事了，當時打工平均一小時的報酬大約等於喫茶店平均一杯咖啡的價格。具體說來，六〇年代末期大約是一百五十圓左右。我想Hi-Lite香菸大概一包八十圓，少年漫畫雜誌一本一百圓左右。

我打工賺的錢，全都拿去買唱片，一面工作一面盤算著做一天半大概可以買到一張LP唱片吧。

和現在的咖啡一杯三百圓、打工一小時五百圓比起來，行情似乎稍微有點改變。現在工作一天大約可以買兩張LP了。

光看數字的話，這十年來我們的生活好像比以前輕鬆了。然而從生活感覺來看，卻不覺得有變得多輕鬆。從前沒有那麼多主婦出去打工，也沒有那麼多上班族借高利貸。

數字這東西眞複雜。所以似乎無法信任什麼總理府、統計局這種地方。也要千萬小心別讓GNP的數字給騙了。

當然所謂ＧＮＰ這東西，如果能穩穩當當地放在新宿西口廣場，讓想摸的任何人都能摸得到的話，我也可以信任它，要不然，沒有實體的東西實在難以相信。

在這方面，我覺得日本首席經濟評論家竹村健一和日本首相田中角榮就真偉大。他們不僅確實洞察數字的這種不可靠之處，還只選擇方便的地方來利用。如果是那樣程度的數字的話，只要一本手冊就夠了。

話說回來，學生時代我打工買的唱片，到現在還記得一清二楚，一張張到現在還寶貝地聽著。任何東西都一樣，不是數和量的問題，重要的是品質。

麵店的啤酒

昭和五十六年（一九八一年）夏天，我從東京都心搬到郊外，最傷腦筋的是大白天完全沒有人在路上閒逛。人口的大半都是上班族，這些人一大早就出門去，要傍晚才會回來。所以當然白天街上只有主婦在走動。我原則上只有早晚工作，所以下午就會在附近閒逛。可是覺得好奇怪。因爲附近的人都以非常可疑的眼光看我，所以我也開始覺得自己好像做錯事了似的。

街上很多人好像都以爲我是學生。上次我正在散步時，不知道哪裡的歐巴桑就開口問我：「嘿，你在找房子嗎？」計程車司機則問我：「讀書很累吧？」我去唱片出租店，老闆竟對我說：「學生證借看一下。」

雖然我一年到頭都穿著牛仔褲和運動鞋過日子，不過已經三十三歲了，我想再怎麼樣也不會像個學生吧，不過對街上的人來說，從大白天就在閒逛的人，看起來大概全都像學生。

住在都心時絕對不會這樣。我白天在青山的路上散步時，就常常遇到和我

一樣的人。尤其好幾次都遇到畫插畫的安西水丸。

「安西兄，你在做什麼？」

「啊，沒什麼，嗯，做一點，那個。」

這樣子。安西兄這個人眞的很空閒嗎？或者其實很忙，只是不會一一顯露在臉上而已？這個人的底細完全看不出來。

總之都會中很多莫名其妙的人，這些人從大白天開始就在到處閒逛。是好是壞我不清楚，不過，輕鬆倒是很輕鬆。光說午餐時間在蕎麥麵店點啤酒喝，不用看人家奇怪的臉色，就夠慶幸了。因爲在蕎麥麵店喝啤酒眞的非常美味。

三十年一次

我是職棒養樂多燕子隊的忠實球迷，所以經常會到神宮球場去。說到神宮球場，眞是個相當棒的球場。和後樂園不同，周圍被濃濃的綠蔭包圍著，感覺像把日常生活切開似的，可以安安穩穩地看棒球。

也許是不習慣吧，在後樂園球場看球賽總是定不下來。養樂多隊拿到冠軍那年，因爲有大學棒球賽，日本職棒無法在神宮球場舉行，沒辦法只好在後樂園開戰。

不能在神宮球場打，怎麼說都很遺憾，反過來說，在「巨人隊活該」的心情下倒也爽快。到後樂園一壘旁邊觀戰，那是空前也是絕後的一次。

身爲養樂多隊的球迷，說起來沒有比一九七八年那一季的比賽更愉快的季賽了。

我那一年，因爲住在離神宮球場走路只要五分鐘的地方，因此每天都到球場看棒球賽。天黑後照明燈啪一下亮起來，大鼓聲鼕鼕地敲響時，我就沉不住氣了。把手頭的工作一丟，就跑到神宮球場去。

而且那年的養樂多隊實在打得眞痛快。比方說船田在對巨人隊時，敲出

的再見全壘打，希爾頓漂亮的一壘滑壘，冠亞軍決賽時松岡有如神明附身般的投球，曼紐（Barry Manuel）打到後樂園外野席最上面的全壘打等，一幕幕到現在我都還記得清清楚楚，每次想起來，那感動還會點點滴滴地甦醒過來。

爲三十年才打勝一次的球隊加油，雖然只有一次得到冠軍，也能像咀嚼魷魚乾那樣樂個十年。

眞値得慶幸。

今年的養樂多隊雖然不順利，已經實在不行了，不過也沒辦法。但願能在我有生之年——可能的話最好是在二〇〇〇年以前——讓養樂多隊再獲得一次冠軍。我只有這個願望。

離婚

最近不知道爲什麼，接二連三地老是遇到離婚的朋友。

這種事還眞傷腦筋。換句話說，跟很久不見的對方，沒什麼話題可談，所以就會從「工作怎麼樣？」、「現在住哪裡？」開始，然後大概都會扯到「太太好嗎？」的上面去。

這倒不是因爲想知道對方太太的動向而問的——別人家的太太嘛，怎麼樣都無所謂——只不過是閒聊的話題而已，就像寒暄天氣一樣。所以這邊就會期待「啊，嗯，還好啦。」之類的答案。

這時候，對方卻說什麼：「其實我們離婚了。」說的一方想必很爲難，我這邊也傷腦筋。

我對離婚完全沒有任何怨言，只是對方離婚的時候，我傷腦筋的是，完全不知道自己該說什麼才好。

如果是結婚或生小孩的話，不管怎麼樣總可以用「那眞好，」一句話帶過，如果是參加葬禮的話，「唉，眞難過，」一句話也夠了。

偏偏對離婚，就沒有這麼方便的說法。或許離了是比較好，但這種事情局外人是不清楚的。要說：「解決了清爽多了吧？」好像有點不負責任，要說：「哇，好羨慕啊！」又嫌太輕佻了。但總不能苦著臉說：「那眞是……」，把場面搞得太黯淡。

沒辦法最後只好說：「啊，眞的嗎？嗯嗯嗯……」

對方也一樣：「是啊，嗯嗯嗯……」

最近有三、四次，接連這樣，眞累人。

因爲世間離婚驟增，所以「婚喪喜慶禮儀」書上，也不妨加上一個離婚的項目吧，我想。

夏天

我最喜歡夏天。艷陽高照的夏日午後，只穿一條短褲，一面聽著搖滾音樂一面喝喝啤酒，覺得眞幸福。

短短不過三個月，夏天就結束了，實在可惜。如果可能的話，我希望最好能繼續個半年左右。

前一陣子我讀了娥蘇拉・勒・瑰恩（Ursula K. Le Guin）的科幻小說《流亡者星球》（*Planet of Exile*）。這是非常遙遠的行星的故事，在這裡的一年以地球的時間計算相當於大約六十年。換句話說春天十五年、夏天十五年、秋天十五年、冬天十五年。實在眞不得了。

所以在這個行星上有一句諺語：「能看到兩次春天的人很幸福」。換句話說那已經是很長壽而値得慶幸的了。

可是如果很長壽，而居然能看到兩次冬天的話，就很辛苦了。爲什麼呢？因爲這星球上的冬天既嚴寒又黑暗得可怕。

假如我生在這星球上的話，最好是生在夏天的開始。少年期能在炎熱的太陽下到處跑步度過，思春期、青年期在秋天安祥地度過，壯、中年期在嚴寒的

冬天度過，春天來了則迎接老年，這樣的生命類型。

如果幸運活得長壽的話，能夠迎接第二度夏天，那眞是好得沒話說。「哇，聽得見『海灘男孩』的音樂在響著呢，」一面這樣感覺一面死去，眞幸福，我想。

法蘭克・辛納屈有一首老歌叫〈九月之歌〉。意思是說：「從五月到九月雖然非常長，但一過九月之後白天變短了，週遭一片深秋景色，紅葉處處，時間已經不多了。」

這樣聽著之間——非常美麗的歌曲——然而心情卻會黯淡下來。所以我死的時候還是希望在夏天，希望能這樣漸漸老下去。

千倉

我因為生長在神戶，所以非常喜歡牛肉和海。在看得見海的餐廳吃牛排時，就覺得非常幸福。東京沒有海（有時候雖然有，但不能下去），牛肉也很貴，實在很遺憾。

有時候想看海，就會到湘南或橫濱去，不過卻不知道為什麼有點不習慣。因為「特地來看海」的感覺會跑在前面。海的方面也有一點覺得像「嗨，歡迎光臨」似的。

海這種東西，可能還是要住在附近，朝夕聞著那氣味生活著，才能眞正了解它的種種吧？湘南和橫濱的海稍微有點過於精緻了，那種「生活感覺的海」，對外來者還是有一些難以傳達的地方。

我最近喜歡的海岸，說起來是千葉縣南部的房總半島。尤其千倉更好。雖然沒有什麼稱得上風景的東西，不過除了暑假之外，平常幾乎沒有人，何況海本身就很有眞實感。

嘩啦一下浪湧來了，嘩啦一下浪退去了。貝殼啦、昆布啦，零星散落在海

浪捲起的沙灘邊。在海岸散步的狗感覺上就比湘南的勇敢一些。在這樣的地方躺下來時，會從內心深處滾滾湧起「啊，這就是海！」的感覺。

千倉其實是安西水丸的故鄉。

「到千倉去，說你是安西水丸的朋友的話，誰都會借錢給你。」水丸兄這麼說。我想一定是騙人的，不過也許是眞的……會讓你這樣想的，安安靜靜的小地方。

在千倉最氣派的建築物，是K出版社所擁有的海之家。我曾經有一次謊稱說：「因爲要寫稿子，」而得以在那裡住下。

且不提這個，倒是個相當好的地方。

渡輪

上次寫過千倉，這次再繼續。

早晨從千倉出發走到白濱。雖然有相當一段距離，不過悠閒地慢慢走倒也愉快。完全沒有別緻的咖啡廳或餐廳。只有海不斷地繼續延伸而已。

中午左右來到白濱，走進壽司店。心想海邊壽司一定很美味吧？不過並沒什麼特別美味。眞奇怪。

在白濱海岸，有一次看到有人釣起鯊魚。一公尺多很像樣的鯊魚。我看了大吃一驚，釣到的人卻不覺得太驚訝，乾淨俐落地切下魚頭，扯出滑溜溜的內臟，把魚肉切下，就丟進冰盒之類的東西裡去。

太平洋說起來眞可怕。眞是個義大利導演雅可佩提（Gualtiero Jacopetti）的世界。

從白濱搭巴士到館山。搞不清楚想不想開似的巴士（千葉縣的交通網大多是這個樣子），不過總之把我們帶到了館山。

從館山搭國鐵到濱金谷。從濱金谷搭上渡輪。這渡輪非常棒。既不太大，也不太小，票價也便宜。

在販賣店買了三瓶海尼根啤酒，在甲板喝著之間，已經橫渡東京灣來到三浦半島的久里濱。只不過花了一小時左右。

從千葉直接到神奈川，感覺非常奇怪。不會吧，每次都這樣覺得。

要從千葉移動到神奈川，總覺得還是需要經過錦絲町→東京→品川→川崎這樣一連串的儀式才對。然而這些卻都省略掉了，感覺簡直就像直接從喉嚨馬上到肚臍似的。

眞是文化震撼！一面這樣想，一面走出橫濱，再喝啤酒。

文章的寫法

有時候我會收到未來想以寫文章爲業的年輕人提出的問題：「寫文章要如何學習？」雖然我覺得問我也沒有用，不過總之有這麼回事。

寫文章的祕訣在於不寫文章——這麼說可能也很難理解吧，總之就是「不要寫過多」。

文章這東西，當你想「來寫吧」的時候，其實不是那麼容易寫得出來。首先必須要有「寫什麼」的內容，必須要有「怎麼寫法」的所謂風格。

不過如果問起，年輕時候能發現自己適合寫什麼內容，該用什麼風格嗎？如果不是天才恐怕很難。所以只好從什麼地方借個既成的內容和風格來，想辦法變通過去。

因爲是既成的東西，別人也比較容易接受，所以周圍的人會覺得你很高明「哦，不錯嘛」這樣稱讚你。本人也感覺不壞。希望人家繼續讚美——我看過好幾個因爲這樣而變不行的人。確實文章這東西只要寫的量多的話，就會漸漸順手，不過如果自己心中沒有確實的方向感的話，「順手」多半只能以「手巧」

結束。

那麼這方向感，要怎麼學到呢？

這和所謂文章是兩碼子事，總之只能先好好地生活下去。

至於要怎麼樣寫法，也和怎麼樣生活大致相同。比方如何向女孩子開口示愛，怎麼吵架，到壽司店去吃什麼，之類的。

這些事情一一做做看，然後發覺：「什麼嘛，這樣的話就不必一一去寫什麼文章了」，能夠這樣想的話，是最快樂不過了。如果覺得「雖然如此，還是想寫」的話——不管寫得好不好，順不順——已經可以寫出屬於自己的好文章了。

關於「未來」

說起來也是理所當然的，未來的事誰知道會怎麼樣？絕對不知道。不可能知道。

我小時候，聽收音機聽到播音員讀出這樣的投書：「我最討厭貓王艾維斯．普里斯萊，這種東西最好趕快消失。」

當時是一九五〇年代的後半段，是艾維斯．普里斯萊最紅的時期。播音員回答道：「是啊，這麼吵的搖滾樂，大概不會流行太久吧。」

因爲我還是個小孩子，所以就很單純地相信了。不過艾維斯．普里斯萊卻繼續紅下去，滾石樂團則演奏出更吵鬧的音樂，賺了好幾千萬美金。

然後這也是同一個時期，有個雜誌上刊登出「電子頭腦將來會普及嗎？」的問題，答案是：不會。爲什麼呢？「因爲要製造能和人腦匹敵的電子頭腦的話，必須要有丸大樓那麼大的電腦才行（好古老啊），而那種東西是不可能普及的。」

那時候我也很單純，所以腦子裡想像著像丸大樓那麼大的電子頭腦，心想這應該不可能吧。不過現在，電腦卻變成可以裝在公事包裡提著走的時代了。

和這同樣的事情，到現在已經有很多。我的個性算是執著的，這些事情都會一一詳細記住，所以現在大多的事情我首先就不相信。

最不能相信的是專家說的話，其次不可靠的是漂亮的廣告辭。這兩種最好不要相信。我也曾經被這兩種騙過。

其實小說也一樣。在思考新小說是什麼之前，首先還是要寫好小說才重要。這是一切。

計程車司機

前一陣子，我在青山搭計程車，車上裝著的小型擴音機（不是汽車音響）正播放著莫名其妙的民族音樂。感覺非常奇怪。

司機大約三十五歲左右，可能和我差不多或比我大一點。

「這是哪裡的音樂？」我這樣問看看。

「猜猜看。」對方說。

雖然猜對了好像也不可能免費搭車，不過因爲很有意思，所以就胡亂猜猜看：「阿富汗嗎？」

「眞可惜，是伊朗，不過是鄰國噢。」這樣說。

說是可惜，不過伊朗和阿富汗的音樂差別在哪裡，也不可能知道。

閒聊起來他好像是民族音樂的樂迷，據說平常大多一面播放各種國家的音樂一面開車。

「其他沒什麼值得一聽的音樂啊。說到爵士和搖滾，都是商業主義的東西，吵得要命，好膚淺，而且沒有所謂的生命感。」

好嚴格啊。

「不過昨天搭車的客人，居然猜中了蘇丹××地方的音樂喲。我也嚇了一跳呢。」

我也嚇了一跳。

世上眞的就有很厲害的人。

聽說他所播的和日本有關的音樂，只有琉球音樂和念經。

「可是放念經的聲音，不會有人討厭嗎？」

「有啊，有一半左右的人會下車。尤其正在接待客人的上班族絕對會下車噢。」

聽到這種話時，覺得東京已經變得相當狂野。再往前一步，就快變成「計程車司機」的世界了。

報酬

我從二十歲出頭開始，大約八年之間在經營爵士喫茶店，用過很多打工的人，大多是學生，所以他們的年齡剛開始幾乎和我沒有差別，最後則相差將近一輪。我們店裡打工的人算相當穩定，所以每個人我都還記得滿清楚的。眞是有各種人。

以經驗來說，有幾種類型是絕對不能雇用的。說是「不用給錢也可以，請讓我在這裡工作」的類型就是其中之一。你會想，不可能有這種事吧？不過確實就有這種人。例如，每年會有一個左右的人來說：「我將來想開店，所以不用給薪水，請讓我在這裡工作。」或者說：「我無論如何非常想在這裡打工。」不過總不能不給薪水讓人家工作，所以我還是會照給薪水。

那麼，這種人會不會好好的把工作做好呢？大多相反。工作偷懶，又愛抱怨，經常請假，動不動遲到，最後還說出「薪水太低」的話。這就太過分了吧？我不禁要想，當初是他自己大咧咧的說出「不需要薪水」這樣不切實際的

話來的，不過會雇用這種人，卻也是我自己的疏失。

同樣的，沒有稿費的邀稿，我絕對不寫。聽起來也許非常任性，不過以職業作家來說這是當然的事。不管多麼低的報酬，都要以現金確實收取。我不喜歡用宴會來抵，卻一毛不給的方式。我這邊會嚴格遵守截稿日期，所以也希望那邊能好好照規矩來。

但我這樣做，有時候也會被人家說：「那個傢伙對錢很囉唆。」不過請好好想一想，這種像同人誌似的算錢馬馬虎虎的習慣，不知道把日本文壇寵得多壞呢？文學也好，爵士喫茶店也好，根本上都一樣。

乾淨的生活

人家說上了年紀之後會喜歡上理髮廳和上澡堂。我也一樣。雖然還不到所謂「喜歡」的地步，不過至少不會覺得痛苦了。

不過以前不是這樣。以前光聽到理髮廳和大眾澡堂，就會討厭到臉色蒼白的地步。坐在理髮廳的椅子上將近一小時，讓人家把頭弄得團團轉眞受不了，在澡堂慢慢泡湯也令人生氣。

可能天生就性急也有關係，不過還是因爲年輕時活力充沛，卻要你長時間忍著不動，實在受不了吧？

不過上了高中交了女朋友之後，想到某種程度必須保持乾淨才行，於是忍耐著開始勤快泡澡，定期上理髮廳了。這是非常好的事。

然而上了大學搬到東京之後，忽然又恢復原來的骯髒生活。爲什麼呢？因爲我的大學生活正好碰上學生運動，嬉皮風潮的全盛時期。

那時候總而言之骯髒就像是身分地位的象徵似的，所以大家都不上理髮

廳、不刮鬍子、不洗澡、不換衣服，簡直胡搞瞎搞。一個月也沒洗頭的男生多得是。

總之過了幾年這樣的生活，結婚後，乾淨的日常生活才又回來。把頭髮理短，鬍子刮乾淨，買了幾套衣服。剛開始像盡義務似的，然後漸漸成爲一種習慣，最近則變成主動洗澡、定期上理髮廳了。每天洗頭髮，還用男性古龍水，連自己都覺得眞不簡單。

我每個月要花單程兩小時到千駄谷的理髮廳去個兩次。襯衫也會自己用熨斗燙平。周圍的人都誇我：「算是愛乾淨的人。」從前的事，誰也不知道。人生眞奇妙。

流氓

高中時代我一個人獨自去旅行，曾經在夜車上和流氓大哥同座過。光看外表從頭到腳就是一副流氓樣，身邊坐著一個從頭到腳就是一副流氓情婦樣的女人，對面坐著我。我並不是故意選那個位子坐的，而是對方自己跑來坐在我對面。我是個膽小的少年，所以雖然眞想移到別的位子去，又怕隨便換位子被對方盯上也麻煩——流氓對這種事，總是非常敏感——於是我忍著一直不動地坐在那裡。

就這樣不知不覺之間夜已深了，總之是老舊的列車，窗戶一直敞開著，所以蚊子難免會飛進來。剛開始流氓大哥用手掌啪啪地拍打，實在沒辦法，沒有用。怎麼辦？他把正在睡覺的情婦拍醒過來，兩個人開始猛抽菸。原來這樣好像可以代替蚊香的樣子。有效沒效不太清楚，不過確實算是個點子。流氓眞會想各種事情啊，我正佩服地這樣想時，這次居然衝著我說：「嘿，小哥，你也來盡量抽吧，」遞給我一包長 Peace 菸。說什麼盡量抽，我才十六歲，從來

沒抽過菸。不過看起來實在不是可以拒絕的氣氛。情婦那邊表情也一本正經，一口接一口地猛抽著。

結果落得我一個晚上連續抽菸的悲慘地步。弄得我頭又痛，覺也睡不夠，簡直痛苦不堪。流氓眞叫人傷腦筋。

跟這件事沒關係，不過上次我去游泳池游泳，看到一個有刺青、肩上披著波特豪斯（Boathouse）運動衫和衝浪短褲的流氓大哥。這也傷腦筋。如果有流氓說是喜歡插畫家湯村輝彥和作家片岡義男和人類聯盟合唱團（The Human League）也有一點傷腦筋。雖然並沒有什麼理由，不過還是傷腦筋。

再談神宮球場

世界上最落寞的行爲是什麼？那是十月初秋雨滴滴答答的夜晚，和文藝雜誌的編輯兩個人一起去神宮球場，一面吃著柿子脆餅，談著工作的事情，一面看養樂多隊對抗中日隊的消化賽程的比賽。

我只做過一次，不過沒有比這更落寞的事了。

這種日子特地到球場來的人，都不是太正常的人。坐在我附近的一個老兄，比賽從頭到尾都在取笑著中日隊的外野手當有趣。

「嘿，你呀，中外野手，××（名字），傻瓜，轉過來這邊一下，嘿，這邊啦。」這樣子。就這樣搞個幾小時，所以這邊固然無趣，被點名的人就更倒楣了。何況比賽狀況一面倒，實在沒辦法集中精神看比賽。

那個被點名的人剛開始就以「傻瓜」狀假裝沒聽見，可是不久叫囂內容漸漸變成：「嘿，你媽現在正在幹什麼你知道嗎？現在正在×××噢……」果然忍無可忍了，突然轉向後面好像說：「你這個傢伙。」幸虧沒有飛來一個中央

高飛球，可是比賽還正在進行中呢。眞可怕。

在那之間，我們一面小口小口喝著啤酒，一口一口吃著柿子脆餅，一面交談著小說校稿的事。「嗯，第三頁下一段十六行『第三隻白豬在雪地上蹣跚地走著』的地方……」這樣。這種事情其實不必特地跑到棒球場來做的，只是到棒球場來做做看，倒也覺得滿有趣的。並沒有什麼特別深的意思。

不過那個無聊男子總之到最後都在奚落那個中日隊的外野手，然後回去。這種人到底大白天是幹什麼過活的呢？

「搬家」即景(1)

人類可以大致分為兩種類型。也就是喜歡搬家的人和不喜歡搬家的人。

並不是說，前者就有進取精神富於行動力，有一點慌慌張張匆匆忙忙的，後者則相反，只是以喜歡或不喜歡搬家這個極單純的層面來說而已。

先岔開話題一下，我覺得把單純層面的話題想得太深入並不好。例如說喜歡玫瑰花的人感情豐富，喜歡狗的人性格開朗，不可以有這種想法。事情只不過是喜歡玫瑰、喜歡狗而已。不是嗎？希特勒喜歡狗，不過不能說喜歡狗的人全都擁有希特勒的要素吧？

我非常喜歡搬家。打包行李，從一個地方搬到另一個地方，從一個家移動到另一個家時，眞的覺得好幸福。不過總不能因為這樣，就說我是一個行動派的人。正好相反，其實我是個最不喜歡改變生活習慣、改變對事情評價的人。打麻將換位子，喝酒換一家續攤，我都很討厭。衣服幾乎十五年都穿同樣的。只有喜歡搬家。

搬家的好處在於，可以把一切都「歸零」。附近鄰居、人際關係、其他許多日常生活的雜事，這類的都可以全部瞬間啪一下消滅掉。這種快感只要記住一次之後，就永遠忘不了。

我的朋友們打麻將胡牌時，每次都說：「嘿，翻牌了！」一腳把桌子踢倒，是啊，心情就跟那個類似。躲債的人趁著半夜消失無蹤，正是搬家的基本原型。

我到現在爲止，搬了許多次家，住過許多地方，交往過許多人。而每次一切都重新「歸零」到今天。

「搬家」即景(2)

這本雜誌只在關東地區銷售*（其他地方大概沒賣吧，我也不太清楚），要說明關西的地理相當麻煩。有空的人就自己去看地圖吧。

我從有記憶開始到高中畢業爲止，只搬過兩次家。覺得很不滿意。眞想多搬幾次。

而且雖說搬了兩次家，其實只不過是在直線距離一公里左右的區域內搬來搬去而已。這實在算不上搬家。我們從兵庫縣西宮市的夙川西側搬到東側，然後再搬到蘆屋市蘆屋川的東側而已。

以東京來說，就像從新宿的三越百貨搬到My City，然後再搬到新宿御苑那樣程度的距離而已。所以從來就沒有轉過學。

我從以前就非常羨慕轉學生。小學時候每次班上有轉學生要轉出去時，就常常會製作所謂的「莎喲哪啦文集」，把「惠美子同學，妳搬到遠方以後，也要寫信來喲」或「對不起，我常常把妳推到沙坑裡去」之類的文章，交給轉學生。那個同學不來了之後，只有那個位子暫時空空的。這種事情我簡直喜歡得

像生病般變態。

新來的轉學生也很好。可愛的女孩子有一點緊張，還沒有新的教科書，就和旁邊的人一起看，這種情況覺得眞是「太棒了，就是要這樣」興奮得不得了。

可是儘管我這麼強烈地希望，然而卻一次也沒有能夠轉學。於是爲了補償那未能滿足的少年時代的挫折感，過了十八歲之後，就以「搬家病」這宿命性的形式向我襲來。詳情請容下回分解。

＊注：《日刊打工新聞》雜誌除了關東地區以外，在關西、北海道、中部、九州等四個地區也發行。

「搬家」即景(3)

我是一九六八年進大學的，首先住進目白的學生宿舍。這宿舍在椿山莊的鄰近，現在還存在，所以如果經過目白通的時候，不妨瞄一眼看看。

我在這裡住了半年，但那年秋天因爲素行不良而被趕出來。經營者是惡名昭彰的右翼份子，舍監是陸軍中野學校出身的令人沒有好感的中年男子，不把我這種人趕出來才怪呢。時間是一九六八年，正是全共鬥的時代，我這邊也正値年輕氣盛的年代，所以很多事情都氣不過，因爲聽說右翼學生會來「統合」，因此睡覺的時候曾在枕頭下藏菜刀。

不過因爲有生以來第一次開始一個人過日子，所以每天的生活都非常快樂。差不多每天晚上都走下目白的斜坡到早稻田一帶去喝酒。而且，每喝必醉倒。那時候還不懂得要怎麼喝才不會醉。

一喝醉，就有人做出擔架，把我運回宿舍。做擔架，那實在是個方便的時代。怎麼說呢？因爲到處都是大字報的看板。只要隨便選個像「粉碎日帝」

或「絕對阻止原子潛艇進港」之類的看板，拆下來，就可以搬運喝醉的人了。這很痛快。

不過只有一次，在目白的斜坡上，擔架斷裂，我的頭狠狠地撞在石階上。搞得頭一連痛了兩三天。

然後也曾經在半夜裡到日本女子大學去偷過看板。那種東西偷了也沒什麼用，不過就是有點想要而去拆下來時，被巡警發現，被追趕出來。

試著想一想，那時候每星期大概都會被警察盤問一次。一方面時代很混亂，一方面自己長相也差吧？最近一次也沒被盤問過。不過不會被警察盤問的人生，不是已經完了嗎？忽然這樣想起來。

「搬家」即景(4)

自從被趕出目白的宿舍之後，就搬到練馬租房子住。在早稻田的學生事務處找到最便宜的房子。三疊榻榻米月租四千五百圓，不必押金、禮金，這絕對很便宜。其他再也沒有不需要押金、禮金的地方了。

房子在從西武新宿線的都立家政車站走路十五分鐘左右的地方。周圍是像圖畫一樣的蘿蔔田。眞佩服東京居然也有這樣的地方啊。光說車站名字叫「都立家政」就太過分了。很明顯可以看出是暫時先取個名字之下所取的感覺。什麼「都立家政」，只聽過一次的話，眞的不知道是什麼意思。

不知道現在怎麼樣了，不過當時的印象是在蘿蔔田裡錯落地蓋幾間房子而已的地方。

土地是黑黑的、濕濕的，冬天非常冷。練馬時代對我來說是有一點黑暗的時代，跟女朋友處得不太順利也有關係。

我幾乎不太去學校，卻在新宿通宵打工，在那之間也到新宿歌舞伎町的爵士喫茶店去窮泡。

說到爵士喫茶店，我喜歡「村門」（Village Gate）或「前衛村」（Village

Vanguard）之類暗暗的地方。跟女孩子去的時候，則到DUG或All Blind Cat之類比較好一點的地方。這樣說聽起來好像有點歐吉桑了似的，不過那是個爵士樂緊緊扣入心弦的時代。不管是好是壞。

我想「連續射殺魔事件」的永山則夫確實也是在同樣的時期住在都立家政，在「前衛村」打過工的。

我已經前後有將近十年沒再搭過西武新宿線的電車了，不過那歌舞伎町→西武線→都立家政的生活，到現在還以扎扎的感覺非常眞實地留在我體內。我在這裡從一九六八年秋天住到第二年春天。

「搬家」即景(5)

在都立家政的黑暗三疊房間住了半年，覺得活得眞厭煩了，於是決定搬家。一九六九年春天。幾乎沒什麼家具、行李，所以搬家實在很輕鬆。只要把棉被、衣服和餐具塞進車子後車廂，一切就準備就緒了。人生本來該當如此。

這次住的是三鷹的公寓。因爲已經厭煩骯髒的地方了，所以決定搬到郊外去。

六疊寬附廚房月租七千五百圓（眞便宜啊），在二樓的邊間，周圍全是原野，所以採光非常好。雖然離車站遠，要說辛苦也很辛苦，不過空氣很新鮮，只要稍微走遠一點的話，武藏野的雜木林還保存著自然的原始模樣，住起來非常愉快。

因爲心情很好，所以就到當舖去買了二手的橫笛來練習，隔壁房間一個像爵士音樂家Kamayatsu Hiroshi的吉他少年說：「我們來練Herbie Mann吧，」於是每天就只吹著*Memphis Underground*。所以在我的記憶中，三鷹就等於

Memphis Underground。

其次在那時候的記憶中，說起來只記得胸罩在空中飛而已。胸罩眞的會在空中飛嗎？當然不會。只是被風吹著在空中翻飛而已。

那是個風非常強的夜晚，我正無精打采地走在公寓附近的路上時，看到什麼白白的東西輕飄飄地在高空飛著，心想：「奇怪，那是白鷺還是什麼呢？」仔細一看，居然是胸罩。

如果曾經目擊過胸罩在夜空飛的人，我想就會知道，那眞是異樣的光景。「居然是那東西」的意外性，和空氣力學式移動的趣味，兩者化爲一體，眞壯觀哪。

「搬家」即景(6)

我是個絕對不寫日記的人，不過只有住在三鷹的時代，不知道爲什麼短暫地寫了日記。不是什麼了不起的日記，只是吃了什麼，看了什麼樣的電影，見了什麼人，做了幾次之類的程度而已，雖然如此，事後讀起來還是相當有趣。

看看一九七一年左右寫的，晚報一份十五圓。《平凡Punch》一本八十圓，牛肉兩百公克一百八十圓，**Hi-Lite**香菸八十圓，可樂四十圓，大約是現在物價的一半左右。

這一年的一月三日和五日下雪。一月三日下了十公分之厚。這一天我在三鷹的大映電影院看了兩部連映的片子，山下耕作的《昇龍》（是部好電影）和渥美瑪莉的《獻給你好東西》（名字很好）。五日在新宿的京王名畫座電影院看了兩部連映的《**Tell Them Willie Boy Is Here**》和《**Easy Rider**》。《**Easy Rider**》是看第三次了。

一九七一年說起來是大學抗爭運動大約高潮過後，鬥爭手段陰險卑劣、轉變成內部鬥爭的相當複雜而討厭的時代，這樣看來，實際上每天跟女孩子約

約會，看看電影，好像過得頗悠哉的樣子。所以實在也沒資格說什麼「現在的年輕人怎麼樣又怎麼樣」的。人類並不是爲了什麼大義、名分等不變的眞理或精神的提升而活的，總而言之，只想跟可愛的女孩子約會，吃吃好吃的東西，快樂地活下去而已。

上了年紀之後回想起來，覺得自己好像度過了非常緊繃的青春時代似的，其實並沒有這回事，大家都一面想著些傻事，一面優哉游哉地活過來的。

讀著舊日記，那種氣氛就一點一滴地傳了過來。

文京區千石與彼得貓

在三鷹的公寓住了兩年後，搬到文京區一個叫做千石的地方。在小石川植物園附近。

爲什麼從郊外一口氣又搬回都心來呢？因爲結婚了。我才二十二歲還是學生，所以太太的娘家就讓我寄住進去。

我太太的娘家是開棉被店的，所以就借用他們家的卡車搬家。雖說是搬家，不過行李只有書和衣服和貓而已。貓的名字叫做彼得，是一隻波斯貓和虎貓的混血種，像狗一樣大的公貓。

本來棉被店是不可以養貓的，所以事先叮嚀過我，不可以帶貓過去，可是實在割捨不下，結果還是帶去了。

我岳父雖然嘀咕了一陣子，不過不久後——就像對我一樣——不再堅持了。總之一切的一切都很快就不再堅持的人，對這一點我非常感謝。

可是彼得貓最後終究無法適應都會生活。最傷腦筋的是從附近的商店接連

不斷地叼東西回來。

當然貓自己完全沒有罪惡感。因爲牠一生下來，就在三鷹的森林裡，每天都在抓地鼠追小鳥跑來跑去地活過來。只要有東西就抓，是理所當然的。

可是對貓理所當然的事情，對這邊的立場卻非常傷腦筋。不久之後貓這邊價值觀似乎也開始錯亂起來，終於得了慢性神經性痢疾。

結果決定把彼得交給住在鄉下的朋友。從此以後我再也沒見過他。據說跑進附近的森林裡去，幾乎很少回家。如果還活著的話，應該有十三歲或十四歲了。

文京區千石的幽靈

繼續談文京區的千石。

我所寄居的太太娘家，建在從前德川家宅邸的一隅。雖說是一隅，也只不過是庭園的很邊邊，所以並沒有特別的緣由。

傷腦筋的是——或該怎麼說呢——這房子其實是蓋在以前的地牢上方。換句話說，房子下面有那遺跡。那麼，當然就有幽靈出現了。

剛開始我還不知道有這麼回事，只感覺有一點陰陰濕濕好討厭的程度而已。半夜上廁所的時候，總覺得氣氛怪怪的，感覺很不好。

我太太有時候會看到幽靈。雖說是幽靈，但並不是以人的形狀，而是像一團白色的東西，在房子裡飄啊飄的，飛來飛去一陣子之後被牆壁吸進去。我沒看過所以無法詳細描述，不過好像大致就是這樣的感覺。

我始終沒有看過幽靈或幽浮之類的東西。我好像幾乎完全沒有感知靈界的能力似的。

我並沒有特別想看到什麼幽靈，所以這種能力沒有也罷，不過這樣似乎有點不像藝術家。

我認識一個畫家，一年到頭經常看到幽靈，這個人說起來長相也好、畫風也好，處處洋溢著一股妖氣，令人感覺到這絕對是藝術家。像我這種在幽靈出沒的房子裡住了一年之久，卻居然一次也沒看過幽靈的人，面對那種藝術家時就會覺得自己非常沒面子。

安西水丸兄從畫風來推測，大概沒有看過什麼幽靈吧？

如果真是這樣的話，那我就非常高興了，不知道到底怎麼樣？

國分寺之卷

總不能一直寄人籬下，於是決定離開太太的娘家，搬到國分寺去。爲什麼是國分寺呢？因爲決心要在那裡開一家爵士喫茶店。

剛開始心想去上班也好，就到幾家有認識人的電視公司去走動一圈，不過工作性質實在太呆了，於是作罷。如果去做那樣的工作的話，不如自己開一家小店，想自己一個人好好認眞工作。能夠自己親手選材料、自己動手做東西，自己端去給客人的工作。不過結果我能做的事情，說起來只有開爵士樂咖啡廳而已。一方面因爲喜歡爵士樂，所以想做一點和爵士樂有關的工作。

說到資金問題，我和太太兩個人打工存了兩百五十萬，另外兩百五十萬向雙方的父母借。那是一九七四年的事。當時在國分寺有五百萬就可以在不錯的地方找到二十坪左右，開一家感覺還不錯的店。五百萬說起來，是幾乎沒有資本的人勉強湊並不是辦不到的金額。換句話說，那是個沒有錢又不想上班的人憑著創意還可以自己創業的時代。在國分寺我的店周圍就有很多這種人開的令

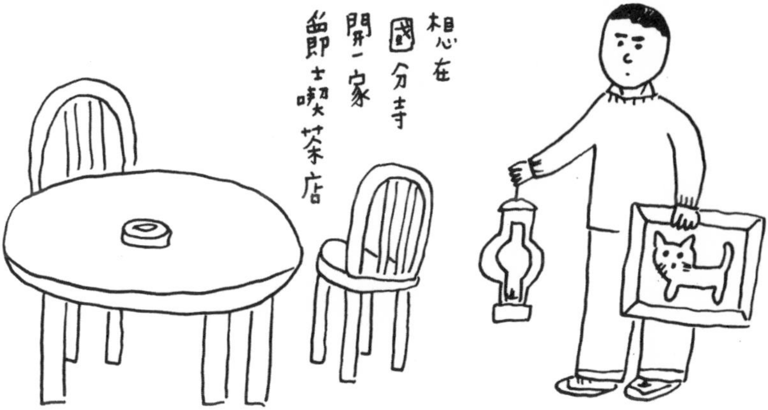

人愉快的店。

不過現在卻不行了。國分寺或國立一帶土地價格已經漲高許多，建築費也漲了，如果想在車站附近開一家十五坪到二十坪左右稍微雅致一點的店，可能需要兩千萬左右。兩千萬的話，怎麼想都不是普通年輕人能夠湊得起來的金額。

現在，如果「沒有錢，又不想上班」的年輕人，到底能走什麼樣的路呢？正因爲我過去也曾經是這樣的人之一，因此不禁爲現在封閉的社會狀況感到憂心。我認爲可以逃避的途徑越多，社會越是優良的社會。

大森一樹

大森一樹是我在兵庫縣蘆屋市立精道中學比我低三屆的學弟，也是把我寫的小說《聽風的歌》拍成電影的導演。他看起來像一頭野獸，喝酒的方式像流浪漢，穿的衣服髒髒的，說話動不動就大聲起來，不過人倒是個滿好的人。至少不是多壞的人（不過，這樣說感覺好像不是在誇獎他的樣子）。

大森老弟現在住在蘆屋市平田町的公寓裡，沒有工作，白天好像抱著嬰兒在附近的海邊散步過日子的樣子。眞可憐。小說家就算沒有人邀稿，也可以一個人默默地寫小說，可是電影導演卻不行。既需要資金，需要工作夥伴，又需要攝影器材。

前些日子他出現在Technics電唱機的雜誌廣告上，所以我說：「眞了不起啊，」他說：「那種東西只不過是孩子的奶粉錢。而且人家也不會送你電唱機……」嘀咕了一番。

松下電器其實不妨送大森一樹一台電唱機的，我想。不過廣告業界的情況我不太了解，所以也不能說什麼。只是沒有播放唱片的電唱機就不能放童謠唱

片了，所以今天大森一樹還一面嘴裡哼著搖籃曲，一面揹著嬰兒在蘆屋的海邊步履蹣跚地走來走去吧？

讓這種人在自己公司的產品廣告上出現，看來松下電器事後大概也不太是滋味吧？就送他一台電唱機又怎樣呢？

話說回來，總之大森老弟今年該執行的企劃案全部泡湯，好像非常消沉的樣子。聽說他和長谷川和彥兩個人在某個雜誌上做了非常灰暗的對談。就像前面說過的那樣，因爲他並不是個多麼壞的人，所以請給大森一樹老弟寫一封鼓勵的信吧。寄到《打工新聞》的話，他們就會幫你轉寄。

地下鐵銀座線的黑暗

我到東京以後最驚訝的事情，或最感動的事情是搭地下鐵銀座線的時候。我想搭過的人應該知道，銀座線的列車在到站之前，電燈會熄滅一兩秒鐘，車內變成一片黑漆漆的。所以反過來說，如果變得一片黑漆漆的，就知道：「啊，到站了。」

可是有生以來第一次搭地下鐵銀座線的人，卻不知道有這回事。所以忽然變成黑漆漆的瞬間，首先就會想到：「出事了！」地下鐵的事故，說起來是非常危險的，所以腦子裡會閃過「這下子糟了！」的想法。可是下一個瞬間，車內的電燈又再亮起來。而且好像完全沒事似的，電車繼續前進，終於到站停車。一下子鬆一口氣。

不過當時，我最驚訝的事情是，其他乘客絲毫都不驚訝、不害怕、不動搖。以常識來判斷，在地下鐵的車內就算只有一瞬間，但變成黑漆漆的，女人小孩應該會怕得大叫，老人會慌張得跌倒也不足爲奇。然而，竟然誰也沒有驚

動於色。不但這樣，而且好像連曾經變黑暗都沒發現似的。

東京人眞堅強啊！我不禁這樣深深佩服。

不過當然搭過幾次之後，我也知道這不是事故而是日常的事了。這種事情只要知道一次之後，就會覺得大驚小怪的人眞傻。

我跟同班同學提起這件事情時，對方居然說：「不過，在變成黑漆漆的時候，乘客中有幾個人眼睛會閃閃發光，那都是日比谷高中的學生噢。下次你注意看一看。」

這當然是騙人的。不過我過了好幾天才發現那是騙人的。我以前是一個很單純的青年。

粗呢大衣

我喜歡穿粗呢大衣（duffel coat），這十三年來幾乎都穿著那同一件大衣。這是VAN服裝公司製造的碳灰色大衣，買的時候花了一萬五千圓。從此以後，每到冬天我就靠這件大衣抵禦寒風。

在那之間，世間其實流行過各種大衣。流行過迷嬉（maxi）大衣，流行過阿富汗大衣，流行過皮夾克，流行過毛皮，流行過牧場大衣（ranch coat），流行過棒球外套（stadium jacket），流行過雙排釦水手短大衣（pea coat），流行過羽絨大衣。在那之間，我一直穿著粗呢大衣。因此大家都把我當傻瓜看待。不過我一直忍耐著。

但是，世間好像已經轉一大圈子又轉回來了似的，今年穿粗呢大衣的年輕人增加了。

我讀*Men's Club*一月號，上面很詳盡地說明了為什麼今年會流行粗呢大衣。

根據報導，粗呢大衣為什麼一直被冷落是因為暖氣設備完善之後的現在，

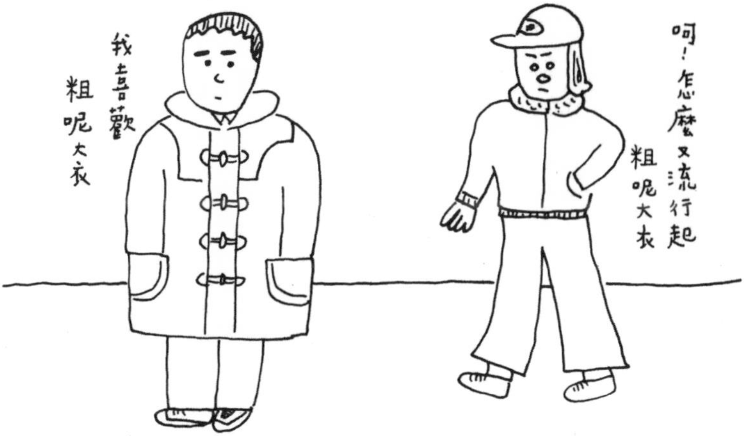

大家就對厚重的毛大衣敬而遠之。耐用、輕便又保暖的羽絨大衣普及了。然而到了今年，粗呢大衣卻忽然又流行起來，是因爲「可是，人並不一定只滿足於方便性、機能性好的東西」。

這樣詳盡地說明之後，我不禁拍膝叫好，喃喃嘀咕道：「嗯，原來是這麼回事。」

我最喜歡像這種「今年流行××的理由」式的報導。讀著時，知道時間並不會一味莫名其妙地隨波逐流下去，總算打了一劑強心針。只要努力思考的話，將來的事情似乎也可以理解了。

話說回來，我倒想今年不妨來買一件又輕又暖的羽絨大衣了。

關於體重的增減

有些東西並不特別貴，卻總覺得不方便買而一直沒有買。對我來說，體重機就是屬於這種。每次都想買吧、買吧，實際上到百貨公司去一看，不是設計不太喜歡，就是開始嫌帶回家太麻煩，終於落得「下次再說吧」。

而且我的體重大致穩定在60公斤到61公斤之間，身體也沒什麼不好的地方，並不是非買不可，只不過是有了比較方便的程度而已。

就在忙東忙西之間，今年秋天我從某個地方領到一台體重機。有這種事情，自然非常高興。到目前爲止一直忍耐著沒買，總算沒白費。因爲體重機有兩台也沒有用啊。

那麼，趕快來量一量大家的體重吧。貓A３．５公斤，貓B４．５公斤，我61公斤。

體重機眞是個相當有趣的東西。一旦開始量過一次之後，就會上癮，我一天就要踩上體重機十次左右。

仔細量量就知道，人的體重一天之中會有1到1．5公斤左右的變動。

當然吃東西之後會增加，排出之後會減少。睡覺以前和早晨起床時體重相

差將近一公斤。其次，夏天以每五分鐘跑一公里的步調跑五公里的話，體重就會減五百公克，同樣跑十公里就大約減一公斤。這幾乎都是排汗作用所引起的，只要補充水分的話，體重又會回升到接近原來的程度。

另外一件事情是，到市中心去見一個工作上的關係不想見卻不得不見的人時，會減一公斤左右。眞是相當微妙的事情。

今年秋天我最重的體重是64公斤，現在是58公斤。只要做基礎性節食和稍微慢跑，持續一個月，體重好像就會立刻減輕5公斤左右，所以如果因爲有點胖而傷腦筋的人，不妨加油一下看看。

電車和車票(1)

我是個經常遺失電車車票的人。從小時候開始就這樣，現在還是這樣。到了目的地，好了，正要走出收票口時，卻找不到車票。

大衣口袋、長褲口袋、襯衫口袋全都翻遍找過了，到處都沒有車票。到底消失到什麼地方去了呢？

我在電車上時，並沒有做過什麼特別奇怪的事情。我坐在位子上，什麼也沒做，只是恍惚地讀著文庫本而已。應該放有車票的口袋，我的手也沒去碰過。然而，爲什麼車票卻消失無蹤了呢？眞是個謎。

而且這種事情並不只一次，而是發生了好幾次又好幾次。我只能想成我周圍的某個地方一定有個專門吸車票的黑洞了。

話說回來，一個大男人在收票口旁邊把衣服的所有口袋都翻出來，實在不是個多好看的光景。老實說眞羞恥。尤其是把口袋裡的東西一一掏出來往櫃檯上放，「這是皮夾……手冊……衛生紙對嗎……」，一面陸續排列出來一面點著

之間，除了悲慘之外眞是沒話可說。

我每次通過收票口時，都會試著尋找和我一樣把衣服所有的口袋全部翻出來、正在找車票的人的影子，可是幾乎看不到這樣的光景。普通人難道不會遺失什麼車票嗎？

還有和女孩子約會時，車票遺失就更傷腦筋了。

「麻煩妳，等我一下下。」說著請她等你，然後在收票口旁邊東摸西摸之間，你知道女孩子的臉色就開始漸漸微妙地改變起來了。眞悲慘。

電車和車票(2)

繼續談電車車票遺失的事。

以前有人教過我車票不遺失的祕訣。說是祕訣，其實並不複雜。重要的是經常要把車票放在固定的口袋裡，這樣而已。

事先決定要放在長褲前面的口袋，或皮夾的小口袋，或車票專用的某個地方。然後在剪完票後，就間不容髮地立刻把車票收進那個地方。這樣一來車票既不會遺失，到達目的地之後，也可以立刻就掏出來。

但這終究只是理論而已。就算你怎麼做了，但宿命性地會遺失車票的人，還是確實會把車票遺失。例如你總不可能隨時穿同一件長褲吧。有時候穿法蘭絨長褲，有時候穿藍牛仔褲，有時候穿慢跑褲。而且每一種褲子的口袋，從形狀到數量到意義到目的，全都不一樣。所以雖然簡單說一句「長褲前面的口袋」，卻也微妙地有差別。就說慢跑褲好了，哪裡有前面口袋呢？

皮夾的小口袋，講起來好像很合理的樣子，然而這也不太行。爲什麼呢？

因爲就需要有掏出皮夾放進車票把皮夾放進口袋，這三個程序。尤其匆忙的時候還挺麻煩的。而且在人前掏出皮夾也太招眼。何況把車票特地藏進皮夾裡，也不是個大男人該做的事，會覺得很害羞。所以結果就變成「這次就塞進長褲右邊口袋。已經好好記住了沒問題」。然後到了目的地，車票還是確實消失無蹤。

　說過好多次了，這已經是宿命了。車票這種東西，不會遺失的人就是不會遺失，會遺失的人永遠會繼續遺失。

電車和車票(3)

電車車票遺失的話題，繼續固執地談第三次。

我從前，曾經相當認眞地思考過，電車的車票要怎麼樣才不會遺失。理論上這是非常簡單的事情。也就是說，只要找出①不管穿什麼樣的衣服都會普遍存在②放進掏出不費事③車票放在那裡絕對不會忘記，的地方就行了。請試著稍微想一想。

能滿足這三個條件的地方，你能想到嗎？

襪子裡或鞋子裡不行。因爲有時候會穿涼鞋。內褲裡也不行，無法滿足第②個條件。相當麻煩。

我長久思考的結果，好不容易終於找到一個合適的地方。那就是耳朵。除了耳朵沒有別的。我發現了（eureka）！

從此以後我就把車票折起來放進耳洞裡。剛開始有點硬硬的不太適應，但習慣了以後就沒什麼。相反的甚至會有「啊，我現在耳朵裡有車票呢」這種確實的存在感，覺得好親切。

不太能理解這種感覺的人，不妨試做一次看看。如果是國鐵車票的話（當

然厚紙的不行。那會傷到耳朵）可以橫向折兩次，縱向折一次就可以放進耳朵裡。

這時候爲了不讓油墨沾到耳朵，請不要忘了反面折。耳朵的汗毛會嗡嗡地發出聲音，覺得有點害羞吧？或許有人會覺得癢癢的也不一定。

不過想像一下我這種「把車票放進耳朵運動」普及全國，每天有幾萬人的高中女生早晨從耳朵裡掏出折成三折的車票的光景，我的心就不禁跳躍起來。這是不是有點異常呢？我也不太清楚。

＊本文章寫出後，有讀者投書說「高中女生都用月票」。說的也是。很遺憾月票沒辦法放進耳朵裡。

電車和車票(4)

車票遺失的話題連續四次，這是最後一次。

上次我寫過把車票折疊起來放進耳朵裡就不會遺失，不過有時候把車票放進耳朵裡，就會有人以非常奇怪的眼光看我。有人以茫然的表情看，有人覺得厭惡而離去。

那種心情我不是不能理解，不過我要把車票放進口袋裡或放進耳朵裡，終究都是我的自由。這麼一點小事情，希望不要一一以奇怪的眼光看人。人家也有人家的苦衷，才會這樣做的。

其次傷腦筋的是正在打瞌睡時，驗票的人卻來的時候，忽然聽到：「先生，車票麻煩一下。」趕快把車票從耳朵裡拿出來時，車掌和旁邊的人，表情都非常驚訝。

人家會嚇一跳也難怪，不過有的車掌會生氣說好骯髒。

就這樣最後終於也嫌麻煩了，於是不再把車票往耳朵裡塞。現在我搭電車

已經到了「如果那麼想消失，就請便吧。」這樣無我．無心的境地了。既然怎麼辛辛苦苦地注意車票，還是一定會遺失，再辛苦也是白費心。

只能往遺失的時候，把損失降到最低限度的方向想辦法了。那怎麼辦呢？不管要到哪裡我都只買最低票價的車票。然後到目的地的車站之後，再到收票口補票。這樣的話如果車票遺失，損失也可以大爲減輕。

如果是親切的站員說一句：「遺失了嗎？沒辦法，沒關係不用補了。」那我就像賺到了似的。

情人節的蘿蔔乾

這已經是很久以前的事了，二月十四日傍晚我做了蘿蔔乾。走在西友超級市場前面時，有農家婦人在路邊賣著塑膠袋裝的切片蘿蔔乾，看到了忽然很想吃，就買了。一袋五十圓。然後在附近的豆腐店買了厚片的油豆腐和豆腐。這家豆腐店的女兒雖然毛髮濃密，不過倒挺和氣，很可愛。

回到家把蘿蔔乾泡水一小時，用麻油炒過，放進切成八塊的油豆腐，放了提味汁、醬油、砂糖和米酒調味，以文火咕嘟咕嘟燉煮。在那之間，一面用卡式錄音機聽**B. B. King**，一面把紅蘿蔔和白蘿蔔切細做成泡菜，蕪菁和油豆腐做成味噌湯。然後做湯豆腐，烤雷魚。這就是那天的晚餐。

吃了之後忽然想起來，二月十四日是情人節。說到情人節，是女孩子送男孩子巧克力的日子。這樣的日子爲什麼晚餐我非要一個人唏哩呼嚕地喝著自己做的味噌湯，吃著自己做的煮蘿蔔乾不可呢？想到這裡不禁深深感到自己的人生眞悽慘。簡直就像漫畫家東海林先生一樣了嘛，沒有一個人送我巧克力。連

太太都一面說：「是情人節嗎？」一面默默吃著我做的蘿蔔乾。

從前不是這樣的。當我在兵庫縣立神戶高中二年級的時候，還有三個女孩子送我巧克力。還在念早稻田大學文學部時，也常常有這種事。但是，從某個時候開始，我的人生突然逸出了正常軌道，我變成一個在情人節傍晚居然在做紅燒蘿蔔乾和油豆腐的人了。再這樣下去，不久就會變成像《金池塘》裡的亨利·方達那樣的老人，自己都覺得眞可怕。我不要，我不要。

關於生日

上一次寫到，上了年紀之後情人節一點也不好玩的事。不過上了年紀之後變無趣的不只是情人節而已。生日也變得相當無趣了。不是我自豪，我最近的生日簡直沒有任何一件有趣的事。

當然並不是說收不到生日禮物。我太太是個相當慷慨的人，所以她會說：「生日禮物你想要什麼？要什麼我都買給你，」而且實際上也大多會買給我。只是，仔細想想，不管是她付錢還是我付錢，出處都一樣啊。那時候買了十萬圓的卡式收錄音機給我，哇！雖然好驚喜，不過眼看著到了月底她就會說：「嘿，這個月的生活費不夠耶。」一想到這裡，生日禮物無論收到什麼都高興不起來了。

黯淡。

所以今年的生日，就想不如讓我悄悄過掉算了。我在銀座買了一張唱片（自己買的），想到日本橋高島屋的特別餐廳去吃個便當就了事，我想這樣

比較適合身分吧。於是用走的到日本橋去，結果是高島屋的固定休假日。沒這回事吧。正因爲心想如果我能到高島屋的餐廳去，也算悄悄爲自己慶祝生日了，才特地走路到日本橋去的。結果那天就鼓著一肚子氣喝啤酒，吃了一肚子壽司，花了好多錢。

生日第二天，我去見出版社的女編輯一起用餐。她比我小三歲，血型一樣，生日同一天。

「生日也沒什麼好事啊。」她也這樣說。上了年紀之後，我想像這樣和同一天生日的人隨便聚一聚，一面互相說：「彼此都沒什麼好事噢，」一面吃喝一番可能是最恰當的生日過法吧。

姆米爸爸和占星術

上次提到我和負責和我接洽的出版社女編輯，血型相同生日也相同。這種情況我首先會想到，我跟她之間性格上、命運上有共通點嗎？幸虧她是負責和我接洽的編輯，所以我可以好好的仔細觀察。從結果來說當然有共通點。不過共通點並沒有顯著到「果然眞的是」而令人佩服不已的程度。只是共通點比相異點稍微多一點的程度而已。

其實，讀《姆米》（Moomin）系列時，有一個和姆米爸爸差五分鐘出生的人，那個人變成一個大壞蛋，而另一方面姆米爸爸卻成爲一個了不起的爸爸，所以就算是同一天生日，或許也不太有什麼共通點。

確實在占星世界裡時間稍微相差一點，很多事情好像就會有截然不同的改變。以我的情況來說，只知道生在中午左右，但除此之外的事就不太清楚了。所以可能很難請人幫我做嚴密的命運占卜。

大約三年前，我曾經跟一位精通占星術的名女人同席，因爲機會難得所以我就試著問了她，有關我最近的未來會如何。她一面聲明說：「出生在中午之

前或之後就相當不同，」不過還是清楚地說出：「你可能在今年內離婚。」我想如果會這樣也是命運，所以沒辦法。一面想著存款簿上的分配方法，和離婚後該怎麼過日子，一面過完那一年。

結果我們並沒有離婚。也沒有嚴重的吵架。算是極平穩地過了一年。因爲聽說那位女士的預言非常準，所以我想大概是中午以前和以後的差別，而造成命運的微妙差異吧。

不過如果我的誕生時間差了五分鐘的話，或許我現在就是個單身漢，擁有十個左右的女朋友也不一定。不管怎麼樣都無所謂，並不是沒有這樣想過。

中獎貓和槓龜貓

這是個非常個人性的事情，昨天我家的貓因爲背骨歪了而住院。這隻貓是八歲的母暹邏貓。算是屬於「中獎」貓。

這種說法可能有人會生氣，不過貓可以分成「中獎」和沒中獎的「槓龜」兩種。就像手錶一樣。這是沒有試養過的人不會知道的。從外表看來，絕對不知道。血統也不可靠。總之養幾星期看看之後，才好不容易知道「嗯，這隻中獎了」或「傷腦筋，槓龜了」。

如果是手錶還可以重新買過換一個。但如果是貓的話，卻不能因爲槓龜了就把牠丟掉，換買一隻中獎的。這是養貓時的問題點。就算槓龜也不得不以槓龜的現狀想辦法好好相處下去。

那麼遇到中獎貓的機率有多少呢？以我長久養貓的經驗來說，我想大約是三．五隻到四隻會遇到一隻的機率吧。所以中獎貓說起來是相當珍貴的。不過哪隻貓算是中獎貓呢？其實這也因人而異，基準微妙地不同。就像人類對美女

的判斷基準一樣。

這隻住院的中獎貓，其實本來是國分寺一家麵店養的，因爲養太多了，就請獸醫代爲安排，因緣湊巧來到我家。因爲有這由來，覺得好像有點可疑，決定養一陣子試看看，然而眞是最中意的中獎貓。居然也有這種事。

她到我們家時，是半歲的時候，那時我二十六歲。她現在以人類的年齡算法應該是五十歲左右了，我以人類的算法是三十四歲。成貓的體內，時間是以大約人類的四倍速度在流逝的。這樣想來眞是非常令人感傷。人類是不是也有中獎和槓龜的分法呢？這是我所無法回答的問題。

隆美爾將軍和餐車

我以前讀過一本書，看到描寫隆美爾將軍在餐車上吃著炸牛排的光景。

雖說是光景，其實也沒有什麼詳細的情景描述，例如只登出「在開往巴黎的餐車中，隆美爾將軍正在吃著午餐的炸牛排」之類的文章而已。而且故事內容和炸牛排並沒有什麼特別的關聯。總之隆美爾將軍吃了炸牛排，只有這樣而已。

若要問我，爲什麼會清楚記得這沒什麼特別的一節呢？因爲色彩的組合很美。首先隆美爾將軍的軍服是筆挺的深藍色綾織毛料軍服，白色桌巾，剛剛炸起來的狐狸色牛排，麵上輕輕淋了奶油，而窗外延伸出去的則是法國北部遼闊的翠綠田園風光——其實也許不是這樣，不過讀著文章時，啪啪啪地浮上來的，卻是這些色彩的組合。正因爲這樣，那原來並沒有什麼特別意義的文章，卻長久烙印在我頭腦的某個角落裡。我想這也許可以稱爲文章之德吧。總之是會讓想像力延伸的文章。

例如在寫小說的時候，如果能以這種會延伸的一行開始的話，故事就會繼續膨脹下去。相反的不管多麼精練美麗的文章，如果是封閉的文章的話，故事就會在那裡停下來。

話說回來，讀著這樣的文章時，就會非常想吃炸牛排。我在很多地方寫過炸牛排的美妙滋味，可是那好處卻不太被認同（尤其在關東更嚴重），眞是太遺憾了。

現在居然還有人說：「什麼？把牛肉做成炸肉排嗎？一定很難吃吧！」因此餐車上大多不會有炸牛排。眞可惜。

炸牛排

上次談到餐車和炸牛排的話題，這次再繼續。

在東京很難找到炸牛排，所以採取次善之策，我常常點維也納修尼翠（Wiener Schnitzel）吃。說到維也納修尼翠，也就是維也納風格的炸小牛排。

這是用啤酒瓶把小牛肉拍打成薄片後，沾上一層麵衣，用淺淺的沙拉油把每一面都炸過的調理法。如果像炸豬排那樣用深深的油炸就不好吃了。

維也納修尼翠還有其他的講究。也就是在炸好的肉上，加上輪切的檸檬片，中央放上用鯷魚片捲起來的橄欖。然後撒上一些酸豆。加上熱奶油。配白麵條。這是傳統的規矩，如果這些都齊備了，才好不容易可以稱爲「啊，這才算是維也納修尼翠！」

那麼如果完全沒有這些，光把小牛肉用油炸，就那麼吃的話，又怎麼樣呢？這或許是氣氛問題吧，就不太美味了。好像非常自暴自棄的味道，只會一

味注意到肉的薄切而已。

在電影《眞善美》中，*My favorite things*的歌裡也有一段這樣的歌詞：「我喜歡的東西……是加了麵條的維也納修尼翠。」確實沒錯。反過來，我討厭的東西，是沒有附麵條的維也納修尼翠，可以這麼說。

炸牛排就不太有這些詳細的規定。只要找得到不太厚的良質牛肉的話，接下來只要用和炸豬排同樣的要領炸就行了。非常簡單，非常美味。我喜歡搭配的是只用鹽水燙過的義大利麵和水芹菜沙拉。啊，實在眞美味。

餐車的啤酒

繼續談餐車。

就算菜單上沒有炸牛排，說起來餐車還是個相當美妙的地方。怎麼說呢？因爲有從前氣質的餐廳氣氛，感覺很好。在開始吃之前，和吃完之後，人已經身處不同地方了，這種感覺很好。還有卡答卡答、卡答卡答的震動也很妙。

餐車上散發著一種可以稱爲「瞬間制度」的獨特空氣。也就是說餐車上的食物既不是爲了「塡飽肚子」的食物，也不是爲了「品嚐美味」的食物。我們是懷著位於那中間地帶的朦朧暫定想法，走進餐車的。而且在一面吃著的時候，確實會被帶到某個地方去。要說感傷，確實也相當感傷。

在餐車的那種「瞬間制度」中，我特別中意的是，從早上就可以開始喝啤酒了。雖然在其他地方的餐廳，也有從早上就可以喝啤酒的，不過不太好意思點，何況也不會很想喝。

說到這一點，在餐車上早上十點左右開始，就有不少人在喝著啤酒了，所

以自然自己也開始想喝起來，而點了啤酒。一點都不覺得不對勁。

其實現在（話雖這麼說，當這篇稿子印出來時已經成爲過去了）我正在從函館往札幌的特快車餐車上，一個人一面喝著啤酒一面吃著延遲的早餐。火腿蛋、沙拉、土司，然後還有啤酒。這火腿蛋的火腿，還非常厚呢。我吃過各種早餐，不過卻第一次吃到這麼厚的火腿蛋。

旁邊的男士一面吃咖哩飯，一面喝啤酒。窗外是雪白一色，好刺眼。看別人吃咖哩飯時，總覺得非常好吃。

旅途中看電影

上次的繼續，我在札幌待了三天。並沒有什麼特別的事情，只是順道就一個人閒晃著經過而已。

那麼我在札幌做了什麼呢?首先走進啤酒屋去喝了三杯生啤酒，吃了午餐（在北海道喝的啤酒爲什麼那麼好喝呢？）然後看了連映兩部的電影《藍波》和《少林寺》。然後吃晚餐，當然又喝了啤酒。用完餐走進爵士樂的店裡喝威士忌。第二天又再到電影院去，看了威廉・惠勒（William Wyler）的《大偵探故事》和比利・懷德（Billy Wilder）的《日落大道》，然後看了《火戰車》。晚上又再喝酒。

爲什麼非要特地跑到札幌去看電影不可呢?我也不清楚。不過我每次到一個陌生地方時，就會不可思議地想看電影。所以過去在全日本各個地方眞的到過很多電影院去看過很多電影。走進陌生地方的陌生電影院去看電影時，電影很奇怪的特別會深入體內。我覺得這可能是因爲電影的樂趣，本質上是和哀愁背貼背相伴隨的吧。

十八歲那年我開始討厭起升學考試，就從神戶搭上船悠然地去到九州。然

後到熊本去走進電影院，看了連映兩部的詹姆斯．肯恩演的《The Glory Guys》（是一部好電影）和洛赫遜演的《Blindfold》。走出電影院，優哉游哉地走著時，一個女人走過來說：「嘿，五百圓就可以，要不要？」說到五百圓以當時來說也便宜得離譜，有點危險，所以婉拒了，又再走進另一家電影院去。那是東映的電影院，票價好像是五百圓左右。所以我還記得當時覺得：「世界眞奇怪。」那時候我正在戀愛，所以和看電影同樣代價就可以做愛，簡直難以相信。

話說回來，札幌有一棟建築物裡一口氣設有十家電影院，眞不得了。

比利・懷德的《日落大道》

繼續上次，再來談談電影。（我倒無所謂，這個專欄的統一標題乾脆定爲「上回的繼續」好了。）

其實我上的是早稻田大學文學部的電影戲劇系，學過電影。不過並不因此就對電影特別清楚，沒這回事。那麼是不是比別人更能了解電影呢？也沒這回事。這麼想來大學教育似乎不太有意義的樣子。

不過進了早稻田電影戲劇系的好處是，幾乎不需要用功讀書就可以了。電影系總是有用英語讀「艾森斯坦的蒙太奇論」之類的課，這些其實都必須事先預習才行的，不過因爲學生有「什麼？學了理論難道眞的就能懂電影嗎？」的想法，所以根本就沒去用功。那要幹什麼呢？蹺課，從早上就到名片電影院去看電影。

雖說是蹺課，不過因爲是電影系的學生去看電影，所以冠冕堂皇是在用功啊。沒得話說。

因爲這樣，我學生時代眞的看了很多電影。一年看二百部以上。當時因爲還沒有《琵雅》（*PIA*）雜誌，所以光要找到想看的電影，和找到電影院就很辛苦了。

看電影的錢沒了時，就到早稻田本部的一個叫演劇博物館的地方去，一本又一本地讀完舊電影雜誌上刊登的劇本。一旦習慣讀劇本之後，其實是非常有趣的東西。

因爲如果是沒看過的電影，就可以順著那劇本，在自己腦子裡拍出只屬於自己的電影。上次寫過的比利・懷德的《日落大道》對我來說，就是這樣的一部電影。所以明明是第一次看的電影，竟然覺得非常懷念。

螞蟻(1)

螞蟻眞是偉大的動物。不是在奉承，我眞的覺得很偉大。我從很久以前就很喜歡看螞蟻，有空的時候常常觀察，前幾天在我家附近等巴士時，腳下有一群螞蟻正在拼命築巢，因此我靜靜看了十五分鐘左右。

正如您所知道的那樣，螞蟻這種動物是在地下挖洞築巢的，然而挖洞的時候挖的泥土要如何搬到地上來卻成問題。這只要看過「大逃亡」類型電影的人，我想就會知道，這還是個相當麻煩的問題。那麼螞蟻要如何解決這問題呢？事情很單純，螞蟻就都一粒一粒地用前腳抱著沙粒運出到地上來。我想這是個相當吃力的勞動吧？不過對螞蟻這種東西，勞動就像做生意一樣，所以不當一回事吧？

我覺得很偉大的是，那沙粒的放置方式。怎麼說呢？把沙粒運出地上的螞蟻絕對不會把沙粒在身邊近處隨便一丟就走掉，那樣的話巢的入口就變成沙山，一定會造成很大的麻煩，這螞蟻也知道得很清楚。所以螞蟻會走出去三十

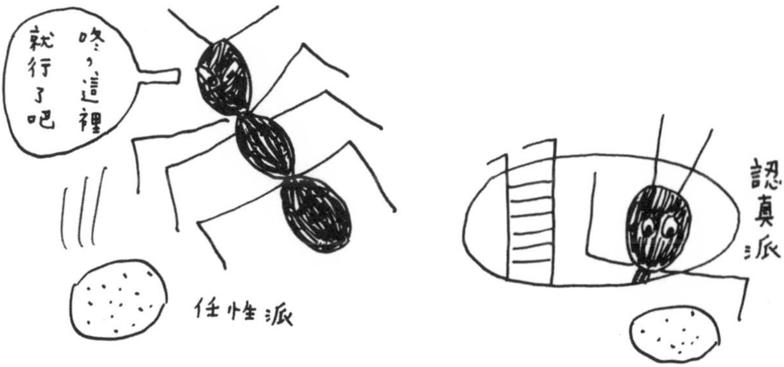

到五十公分，找到一個看起來適當的地方才把沙粒放下，再回到洞裡去。這「看起來適當」的感覺，可以從螞蟻的背影透露出來，在旁邊看著會產生好感。

不過並不是所有的螞蟻都這樣，其中也有在入口旁邊就隨便「咚」一下把沙粒放下的衝動傢伙。螞蟻的世界也有各式各樣的人。不過仔細想想，並不是每粒沙子都非要搬運到很遠的地方不可，從把沙子分散到各處的觀點來看，有人把沙子隨便丟在入口附近也一點都沒關係。如果每一隻螞蟻都一面在這種狀況判斷下，一面逐次搬運的話，螞蟻還是眞偉大。

螞蟻(2)

上次，談到螞蟻眞偉大的話題，不過相反的一直看著螞蟻這種動物時，也會漸漸害怕起來。爲什麼會害怕呢？因爲牠們住在洞穴裡，集體行動，沉默寡言。長久觀看著之間，都完全不知道螞蟻到底在想什麼。

從前，有一部電影叫做「巨大螞蟻的什麼」，描述螞蟻因爲核子實驗變成巨大無比開始攻擊人類，這種情況光想像就覺得恐怖。如果是被獅子群襲擊或其他動物襲擊的話還可以想像，可是被巨大螞蟻襲擊、被刺進痲痺液，就那樣被一路拖進黑暗的洞穴裡去，成爲滑溜溜的女王蟻的食餌，想到這裡我就打心底感到恐怖。就算不得不死，還是不希望這樣死法。

其次這也是電影看來的，被非洲原住民抓到，身體的柔軟部分被塗滿蜜汁，被綁在螞蟻窩附近的故事。

這「身體的柔軟部分」的形容法，怎麼說呢，實在眞不得了。可以眞實地想像一大群螞蟻聚集而來，開始「喳滋、喳滋」地吃起那柔軟部分的模樣。這

也非常可怕。這種死法，我絕對不願意。我討厭身體的柔軟部分被螞蟻吃掉。

我小時候，有不少這類粗製濫造的電影。這種電影我多半是在比較偏僻地方的二輪、三輪電影院看的，以結果來說，比在華麗的首輪電影院看氣氛更合適，效果相當不錯。

此外，還有《異變》（Tarantula）等，好幾部這種出現巨大核子實驗生物的電影。巨大蜘蛛說起來身上也長了很多毛，感觸上就令人非常不舒服。如果掉落在巨大蜘蛛巢裡的話，我想也可以算是可怕的死法之一。

蜥蜴

上次、上上次一直固執地寫了螞蟻的事，這次換寫蜥蜴。

我家，算是在（或者應該說相當於）鄉下，所以週遭住著很多蜥蜴。說到蜥蜴這東西，外表看起來雖然不是很討人喜歡的動物類型，不過並不會危害人類，又會幫我們把蟲子吃掉，仔細看還有一點害羞的地方，絕對不是個性不好的東西。

不過我們家養的兩隻貓，虐待蜥蜴卻比吃三餐還喜歡，動不動就要去捉弄蜥蜴玩耍。至於蜥蜴嘛，被玩弄可是受不了的，立刻會當機立斷地斷尾求生逃之夭夭。說起來自然界還眞神祕，貓追十次有十次都無法追到蜥蜴本身，只能固執地玩弄斷掉的尾巴而已。爲什麼呢？我也不清楚，不過貓對斷掉之後還繼續顫動的尾巴的魅力，絕對無法抗拒。就這樣蜥蜴才能存活下來。

因此我到最近爲止，都覺得蜥蜴眞偉大，不過上次我讀科學雜誌的報導時，卻看到蜥蜴也有蜥蜴相當辛苦的地方。

怎麼說呢？因爲斷了尾巴的蜥蜴好像會被其他蜥蜴夥伴欺負。沒有尾巴的蜥蜴只因爲沒了尾巴，勢力範圍就會被削減一半左右，雌性也會不理牠，一直要等到尾巴重新完整長出來爲止，都會過著非常黯淡的生活。

讀到這樣的報導時，我想蜥蜴眞是可憐的動物。明明知道失去尾巴之後會被夥伴們欺負得很慘，仍然不得不斷尾求生，逃避貓的追捕，這樣悲哀的天性，已經超越蜥蜴或人類的物種，同樣悲哀。從今以後，別再爲了開玩笑而拉扯牠們的尾巴了，要以更溫柔的眼光守護蜥蜴才是。

毛毛蟲

談過螞蟻、談過蜥蜴，這次來談毛毛蟲。覺得討厭的人請不要讀。

我們家附近有很多櫻花樹，一到春天非常美麗，不過相對的，到了五六月時毛毛蟲卻多得驚人。如果能在那之前頻繁地噴殺蟲劑就好了，可是我住的船橋市，不是我自豪，行政卻有非常流氓的地方，要等到初夏毛毛蟲全都長出來了之後，才趁機一起噴殺蟲劑。所以當然滿街到處都是毛毛蟲的屍體。我想沒看過這個的人一定難以想像，不過眞的是很恐怖的光景。

我去年夏天，清晨六點左右正在散步，就遇到殺蟲劑噴灑車。這是搬家過來以後第一次看到的，所以不清楚他們在做什麼，結果在櫻花樹下悠哉地走著時，卻從頭上嘩啦嘩啦地紛紛飄落像櫻花吹雪般的白色東西。心想到底是什麼？仔細一看，原來是毛毛蟲。數目達幾萬隻的毛毛蟲，像扭捻的地毯似的，在路上滿地打滾，在那上面還繼續不斷地紛紛飄落更多的毛毛蟲。

我要大聲疾呼，這種胡搞瞎搞的作業，沒有任何預告地突然就做，是非常

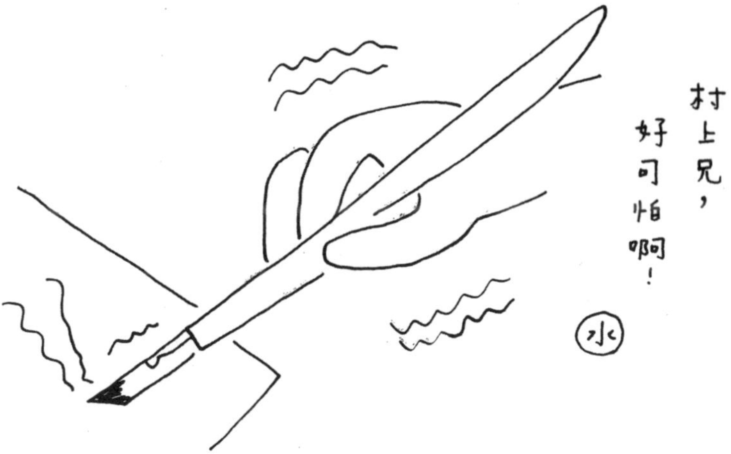

傷腦筋的。早上起床走出門外一看，路上竟然到處滿滿的是毛毛蟲，這簡直像恐怖電影嘛。難道不能在前一天預先用廣播車或什麼的，告知大家：「明天早上要噴殺蟲劑，所以請大家注意毛毛蟲」嗎？

還有，這是另外一回事，市政府來殺蟲的時候，數百隻大大小小的毛毛蟲就從對面的草叢，越過馬路往我們家庭園衝來，這時候也眞的好噁心。

討厭毛毛蟲的人，我想最好不要來住船橋市。不過花生醬倒是非常好吃。

「豆腐」(1)

這個專欄一直都由安西水丸兄幫忙畫插畫，而我則一直努力找一個非常難畫的主題來讓安西兄畫畫看，就算一次也好。可是每次看到畫出來的畫時，卻絲毫看不出一點辛苦作畫的痕跡。雖說辛苦不露痕跡才是行家的眞本事，不過想讓他稍微遇到感覺這次「怎麼辦·傷腦筋」的窘境，期待看他出糗也是人之常情。

所以上次，我試寫了那篇主題叫「在餐車上吃炸牛排的隆美爾將軍」的文章，然而畫出來的插圖，確實是隆美爾將軍在好好吃著炸牛排。

於是我認眞想，就是因爲我老是想出難題給他，所以才永遠難不倒安西水丸。例如就算我出了所謂「章魚大戰蜈蚣」或「溫柔地望著正在刮鬍子的卡爾·馬克思的恩格斯」，安西畫伯一定也能輕鬆過關的。

那麼，該怎麼辦才好呢？如何才能難倒安西水丸呢？答案只有一個。單純性。例如豆腐之類的吧。

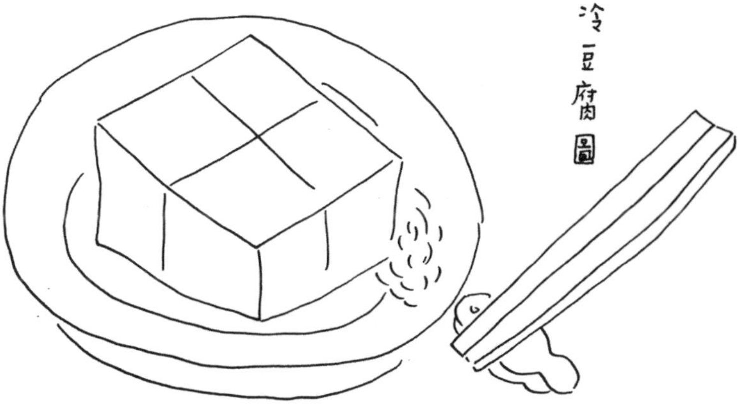

新宿有一家酒館賣很好吃的豆腐，人家帶我去時，因爲實在太好吃了，我竟然一口氣吃了四塊。完全沒有加醬油或調味料之類的，只有白淨淨滑嫩嫩的就那麼一口吃下去。其實說起來眞的好吃的豆腐，根本不需要加任何多餘的調味料。以英語來說應該就是simple as it must be吧。據說這是中野一家豆腐店專爲餐廳做的豆腐。最近好吃的豆腐明顯地減少了。汽車出口暢旺固然是好事，不過美味豆腐卻減少的國家結構，我想本質上已經扭曲了。

「豆腐」(2)

爲了讓安西水丸兄因插畫的主題太單純而傷腦筋，決定繼續談豆腐。

老實說，我是個狂熱的豆腐迷。只要有啤酒配豆腐、番茄、毛豆、拍鰹魚（如果關西的話是海鰻，夏天傍晚已經是極樂的享受了。冬天吃湯豆腐、炸豆腐、關東煮的烤豆腐，總之春夏秋冬一天總要吃個兩塊豆腐。我們家現在不吃米飯，因此實質上就像以豆腐爲主食似的。

所以如果有朋友來我家吃晚飯時，大家就會很驚嘆：「這也算晚餐嗎?!」因爲只有啤酒、沙拉、豆腐、白身魚和味噌湯就完了啊。不過所謂的飲食生活畢竟是一種習慣，這種食物吃慣了，就成爲理所當然的了，吃一般食物對胃反而變成沉重的負擔。

我們家附近有一家相當美味的手工豆腐店，非常難能可貴。我在中午前走出家門，到書店或唱片出租店或遊樂場去走走，然後到蕎麥麵店或義大利麵店吃過中飯，買了晚餐的菜，最後就去買豆腐回家，這是我的日課。

據說
大村益次郎
也喜歡
吃豆腐
我特別喜歡
吃湯豆腐
我也喜歡
水丸

要吃美味豆腐有三項訣竅。首先第一，要在像樣的豆腐店買豆腐（超級市場不行），其次回家立刻移到裝滿水的缽子裡放進冰箱，最後是買的當天就要吃掉。所以豆腐店一定要在住家附近才行。因爲如果太遠的話，就無法隨時去買了。

然而有一天我像平常那樣在散步中順便走到豆腐店時，鐵門卻拉下來，貼著「店面出租」的告示。

平常老闆總是笑口常開挺親切的一家豆腐店，竟然突然把門一關，人不知道到哪裡去了。從今以後我的豆腐生活到底要怎麼辦才好呢？

「豆腐」(3)

巴黎的主婦不會把麵包買回家放著過夜。每次要用餐前，她們才去麵包店買麵包，吃剩的就丟掉。我想，不管人家怎麼說，所謂用餐就應該這樣。豆腐也一樣，只吃剛買的，隔夜的豆腐才不要吃呢，這是正常人的想法。因爲嫌麻煩所以隔夜的東西也吃掉，這種精神才會招來防腐劑和凝固劑之類的東西被採用。

豆腐店也因爲這種想法，才會想趕在早晨煮味噌湯之前，大清早四點就起床拼命做出美味的豆腐，因此當大家都改吃麵包之後（我們家也這樣），就開始使用超級市場賣的含防腐劑的耐保存豆腐，所以豆腐店也做得沒勁了，於是眞正像樣的豆腐店便一家接一家地從街上消失蹤影了。

到底現在這個時代，誰還願意大清早四點鐘就起床幹活的，這種人間至寶已經難得一見了啊。眞遺憾。

說到豆腐，我小時候在京都南禪寺附近吃到的湯豆腐，眞是說不出的美味。現在南禪寺的湯豆腐也完全變成像 *an an*・*non no* 雜誌風格那樣觀光化了，

以前整體上有一種更樸素、更質樸的味道。

因爲我父親的老家在南禪寺附近，所以我常常沿著疏水道在銀閣寺周邊散步，然後就在那一帶的豆腐店前的庭院坐下來，一面呼呼地吹一面吃著熱豆腐。這怎麼說呢，就像巴黎街角的薄餅攤子那樣，是給庶民吃的樸素的素食料理。

所以最近的豆腐套餐一客居然要五千圓之多，我覺得實在有點奇怪。因爲只不過是豆腐啊，不是嗎？

雖說，只不過是豆腐，但豆腐正雙腳站穩腳趾抓地地在拼命守著呢。我非常喜歡豆腐這樣的姿態。

「豆腐」(4)

豆腐最美味的吃法要怎麼吃？空閒的時候我曾經試著想過一次。答案只有一種。那就是男女情事之後。

什麼？這可要事先聲明一下，以下純屬想像。並不是眞有其事。如果被認爲是我的經驗談，就非常傷腦筋了。只是假設。

首先午後時分在街上散步時，一個三十來歲的美麗少婦「啊」地輕呼一聲，盯著我的臉看。我心想：「怎麼回事？」那女人牽著的一個五歲左右的小女孩居然跑到我身邊來，叫一聲：「爸爸。」仔細聽分明後，原來那個女子去年剛過世的丈夫長得跟我一模一樣。

這個婦人對小女孩說：「回來回來，他不是爸爸。」但小女孩卻一直說：「是爸爸——啦，」不肯放掉我的手。

不過因爲這種事情我也不覺得討厭，所以居然說：「那麼我就暫時來當妳的爸爸好了。」三個人在公園裡玩了一陣子之後，小女孩累了就睡著了。

這麼一來，接下來就順理成章地往下發展，當然我把她們兩個送回家去，

順便和那位未亡人成其好事。那麼，事情結束時已經將近黃昏，房子外面響起叮鈴叮鈴賣豆腐腳踏車經過的聲音，女人一面順一順弄亂的頭髮，一面喊道：「賣豆腐的——」，買了兩塊絹絲豆腐，一塊配上蔥花、薑末，和啤酒一起端出來給我。然後說：「先暫時配豆腐喝吧，我馬上來準備晚餐。」

這種所謂暫時性豆腐之秀色可餐，眞是愉快得沒話說。不過首先要找出跟長得和我一模一樣的男人結婚的美艷未亡人才行，否則就沒戲唱了。光會想這些麻煩事，不可能有什麼艷遇吧。

字典的故事(1)

世上有很多困難的事情，不過比方買新字典、辭典、地圖冊、地球儀之類的，試想想也是相當困難的作業。光地圖這一件東西，十五年前的和現在的就非常不一樣了。就拿越南來說，十五年前還分南北越。阿拉伯大公國一帶應該也有幾個國家改變國名了。但難道你會立刻就去買新的地圖冊嗎？不會，你還是會拖拖拉拉地繼續用著舊的。首先，世界地圖並不是經常頻繁使用的東西，何況像越南或阿拉伯偏遠地帶的小國家，不管幸或不幸，幾乎也沒有機會去仔細查閱。

連地圖冊都這樣了，所以五十本一套的大百科全書的話，我想一定很少人會一生中勤快地去買很多次新的更換吧。大百科全書的出版公司會經營不善，也是可以理解的。

我在做翻譯工作時，會把大中小三種英日辭典和兩種英英辭典排在桌上，依不同情況分別使用，其中有一本是研究社出的《新簡約英和》辭典。這是

我上高中時買的，從此以後用了將近二十年，用得非常順手。

但傷腦筋的是，這本辭典的正中間一帶缺了四頁。這不是辭典不好，是我自己不小心弄丟的。因此每次都想一定要買一本同樣的新辭典才行，然而又想到：「反正兩千一百五十頁之中只缺了四頁而已，」所以就在可有可無拖拖拉拉之間，完全忘記缺四頁的事了，要好幾個月才有一次會想到：「啊，對了，這地方缺頁！」

並不是捨不得花錢，不過要買新辭典，真的需要勇氣。

字典的故事(2)

辭典經常會有插畫穿插在裡面。我非常喜歡那插畫。雖說是插畫但這東西並不是爲了取悅讀者，而是爲了正確傳達語句的意思給讀者才加的。

例如以研究社的《新簡約英和》辭典來說，有pergola這個單字，上面說明是：「蔓棚、亭子」。可是光有這文字，印象還是不太明確。於是在那旁邊就實際描繪出pergola的圖解。看這插圖才知道柱子是圓的，蔓棚下面有長條椅，地上有砌石。長椅上坐著一對年輕情侶正手拉著手。男的看來比較積極，女的也並不討厭的樣子，彷彿以眼神回傳著情意。散發著「嘿，我沒什麼惡意，要不要一起躺下？」的氣氛。

雖然我不太清楚這種氣氛是不是pergola固有的東西，但總之辭典的插圖總是令人愉快。

那麼乾脆把辭典全部用圖畫表示怎麼樣？從這個發想點製作出來的就是牛津杜登（Oxford-Duden）的《圖解英和辭典》（福武書店），我前幾天也才剛買

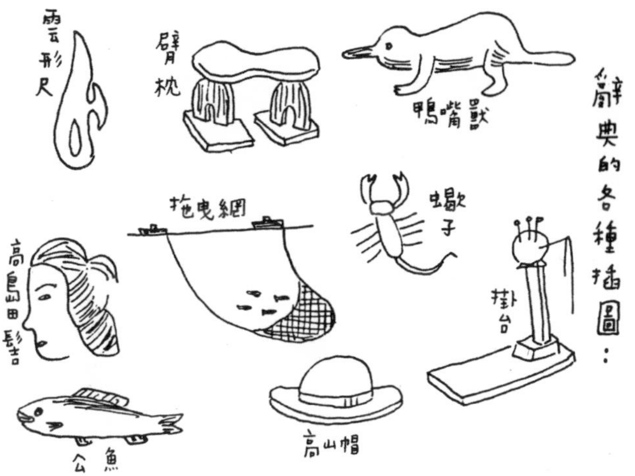

回來，這書光啪啦啪啦翻著書頁瀏覽就相當愉快了。

也有一部分相當時髦，連迪斯可的圖解、裸體俱樂部的圖解等，居然也都有。很厲害吧？

更厲害的是318頁上的「夜總會」篇，這插畫怎麼看都是湯村輝彥的畫風。還有現在正緊盯著剛剛脫下胸罩的stripper猛看的色狼臉色的客人，怎麼看都像是糸井重里。認爲我說謊的人，不妨到書店去翻開書確認一下看看。順便一提插畫家好像是Jochen Schmidt，一位大名鼎鼎的外國人。

對女孩子親切

我最近深深感慨，對女孩子親切說起來實在是非常難的事。我今年已經三十四歲了，自己覺得和平常人一樣是跟女孩子交往過的，隨著年齡的增加，更深深體會到對女孩子親切這件事情，是多麼困難了。

不過還是必須事先聲明一下，單單對女孩子親切說起來並沒有多困難。像送她回家，幫她拿重的東西，送她別緻的禮物，讚美她的衣服很美麗，這類的事情高中生也辦得到。我說的困難是，一面這樣做著時，還要一面技巧地讓對方不說：「春樹你這個人眞親切。」要說明爲什麼不能讓女孩子說「你很親切」是非常困難的。這方面的感覺，我想恐怕沒有一點年紀是不會懂的。

什麼話嘛!!

你可能想這樣說，不過，我以前也想對女孩子親切，卻老是失敗。到現在還記得很清楚的是，十七歲時的事，那時候我每天搭阪急電車到神戶的高中去上學，有一天早晨在阪急蘆屋川車站，看到一個紙袋被電車門夾住、正在

傷腦筋的可愛高中女生。這種機會不容錯過。於是立刻跑上前去說：「我幫妳拉。」「啊，謝謝！」到這裡爲止還好。於是我使勁一拉，可是紙袋竟然破成兩半，裡面的東西散落到鐵軌上。這就非常傷腦筋了。實在沒有繼續親切下去的餘地了。於是我說一聲：「啊，嗯，抱歉，對不起。」然後交給車站人員處理就逃之夭夭了。

那已經是十七年前的事了，不過對當時甲南女子高中的女生，眞的很對不起。我並沒有惡意。

胡立歐．伊格雷西亞斯有什麼好！(1)

我身邊的女孩子不知道爲什麼很多都喜歡臉長得帥的男人。在我看來，她們都年過三十有丈夫了，爲什麼還喜歡臉長得帥的男人呢？不過因爲膽小，所以這種話並沒有說出口。只在心裡納悶而已。

我把這種女人叫做胡立歐症候群。

在某出版社上班負責跟我聯絡的女生也是胡立歐病的患者之一。她在迷胡立歐之前，是迷尤蒙頓（Yves Montand），尤蒙頓來日本的時候，悄悄用臥病在床的丈夫的金融卡提了兩萬圓，買了票一個人去聽音樂會。「老公怎麼樣，管他的，」她說感動才是無價的，這樣厲害的人。於是，我擔心她可能會變成這樣，果然她最近變成胡立歐迷了。

「嘿，村上先生，你知道胡立歐年收入幾百億，擁有私家飛機，還有一打別墅，在全世界有幾十個女朋友，而且知識非常豐富噢。怎麼樣？羨慕吧？」她說。

處境差異太大，聽了也不怎麼羨慕。如果全世界有幾十個女朋友的話，光要記得名字就很辛苦了。我雖然只有一個老婆，睡覺的時候都要擔心會不會說夢話叫出以前女朋友的名字，心想胡立歐眞罩得住。身體眞行，一定是。

如果胡立歐上前來追她的話，她難保不會答應，她說。於是變成胡立歐的幾十個女朋友之一，聽說每年可以領到五千萬圓左右的零用錢。不過一年五千萬圓也花不完，所以她說要匯其中的一千萬圓給現在的丈夫。這種人能不能算是貞女，我不太清楚。世上的一般主婦，每天到底都在想些什麼，眞是超乎我的想像力之外。

胡立歐・伊格雷西亞斯有什麼好！(2)

爲什麼胡立歐・伊格雷西亞斯能博得這麼熱烈的愛戴呢？這是個頗値得思考的問題。當然外貌英俊也有關係。他長得一副典型拉丁美男子的臉孔。加上大規模荒唐散發的廣告宣傳也有關係。不過再怎麼說胡立歐的成功祕訣，還是在於他的思想性百分之百是空洞的吧，我想。

當然除了胡立歐之外，思想性同樣空洞的大歌手可能還大有人在。就拿法蘭克・辛納屈和美空雲雀來說，就不見得擁有多高超的想法。不過儘管如此，他們的歌中，卻非常自然地流露著某種深深感人的東西。可是跟他們比起來，胡立歐的情況，卻有所謂頭腦空洞洞→歌曲空洞洞，以那個年紀的歌手來說，眞是到達彼岸境界的可驚程度，也許這方面的明快性，中年女性會以「很好啊！」的感覺來接受吧。

這種傾向是好是壞，我不太清楚。可能有人會說只不過是音樂而已，沒什麼是好是壞的。跟說「聽不懂柯川不行」的人滿街都是的時代比起來，或許光是不需要附註說明，現在就已經夠好了。大家只要各自聽自己喜歡的音樂就行

了。

不過如果讓我表達我個人的感想的話，胡立歐．伊格雷西亞斯這個人眞叫人感到不愉快，根據我到目前爲止的經驗，那種臉長得帥帥的男人都沒什麼出息。那種典型的人撿到皮夾也不會送到警察局。我想那種人不妨丟到戶塚帆船學校去磨練個五年，不過他們一定很有要領，中途就當上教練，變成教訓別人的一方。他們就是這種男人。

我這樣一說，那些胡立歐症候群的女性就會帶著惡意說：「唉，村上先生大概就會這樣想。」聽起來，好像我很討厭長得英俊的人似的。

在三省堂書店想到的事

前幾天我正在神田的三省堂書店買書，同一個收銀機前有一個女孩子正在買我寫的書。她買了兩本，一本是我的書。另一本是什麼書，當時還記得，現在卻怎麼也想不起來。說起來，書的作者對自己的書是和其他什麼樣的書組合起來被買的非常感興趣。所以我費盡心思努力想要記起那位暫時的鄰人名字，但怎麼都想不起來。眞奇怪。

要說奇怪，在書店看到自己的書被買下的光景也相當奇怪。我第一次寫小說時，出版社的人曾經告訴我：「如果在書店看到有人在買自己的書時，就可以斷定那本書已經暢銷了。」哦——是嗎？我還記得當時深深感到佩服。好像在說蟑螂還是白蟻的事情似的。不過我並不是一個經常出入書店的人，所以那樣的光景我還是第一次看到。

老實說，看到自己的書被人買下，當然很高興。書這東西如果沒有人讀的話就沒有意思了，應該沒有書賣得好而生氣的作家才對。不過也不會說，高

興之餘就得意忘形——並不是裝模作樣——其中還留有一種苦處。該怎麼說呢？舉這樣的例子或許不太妥當，不過我想或許就跟看著刊登有自己裸照的雜誌被買下的女孩子心情很類似吧。

我認識幾個女孩子，照片曾經被刊登在男性雜誌上。咦，是那個女孩子嗎？連這樣的女孩都很乾脆地脫光。其實我沒看過她們的裸照。因爲這雜誌刊出後已經過了三個月左右，本人才坦白透露：「其實我啊……」。這種事怎麼不早說呢？我想。

「對談」(1)

日本的雜誌對談眞多。外國雜誌像《滾石》、《紐約客》、《君子》、《生活》等雜誌我大多都有瀏覽，不過在我的記憶中，從來沒有在這些雜誌上看過對談。或許看過一次，但完全沒有留下印象，所以等於沒有一樣。

那麼爲什麼美國不太採取對談這種形式，而日本卻爆發性地流行對談呢？我想——這終究只是我的想像，美國之所以沒有對談這種形式，正因爲美國人把對話這件事看得很嚴重吧。

所以像日本人這樣，對於對方所說的內容，就算有點不明白或不同意，還是回答說：「嗯，這種事我覺得好像也可以理解。」

他們不會像這樣打迷糊眼，卻可能會打破沙鍋問到底。

「請您把想說的事舉個具體例子，更詳細說明好嗎？」

像這樣，於是話就越說越長，可能雜誌的篇幅都容納不下的地步。這一點，日本還是比較取巧，雜談告一段落之後，就會說：「那麼，就在這裡暫且

做個類似結論的東西怎麼樣？」「好啊。」一下子就這樣順利地結束掉。眞是嗯啊一呼一應的國民性。

另外一件日本式的是，用紅字修改對談校稿的做法，換句話說就是把說過的話在事後修正，由兩人中的一位先校正自己的部分，其次再由另一位配合先前那位的修改稿修正自己的說法。這方面的呼應也很困難，「啊，您先請，」「是嗎，那麼我就……」這樣，不過試想一想，這麼微妙而麻煩的事情，美國人是不可能做到的。日本的特產品不只有豐田汽車和松下電器而已。

「對談」(2)

上一回寫到爲什麼日本雜誌對談很多，美國雜誌卻很少——不如說幾乎沒有——的理由，這回繼續。

談到現實問題，對談的酬勞並不很高。老前輩的如何我不清楚，不過像我這種程度的話就很便宜。相對的卻會招待我們不錯的餐點。說到優良美食，是指如果要自掏腰包是不會想去吃的那種。還有酒。喝不夠的人可以去第二家續攤。好像是以這個來補償酬勞太低。

出版社的人說，自古以來作家多半很窮，如果不是對談時的話，就吃不起美味食物，所以據說這是爲了讓作家能夠偶爾奢侈一下的編輯方面的父母心。

聽到這種說法時，原來如此，嗯，原來是父母心哪，會像作家椎名誠似的感到佩服，不過要是我的話，吃飯只要啤酒、炸蝦、蕎麥麵就好了，還是希望能提高一點酬勞比較好。而且一方面說什麼父母心，其實編輯自己還不是拼命努力在吃？

一面這樣嘀嘀咕咕地繼續寫著怨言，其實那氣氛就跟「相親」一模一樣。在有點高級的餐廳或料理店包廂，編輯＝媒人把兩個初次見面的人拉上紅線，雜七雜八地閒扯一下讓空氣放鬆，告一段落之後就說：「那麼，接下來就請兩位自己談了。」這已經完全是相親了。只差有沒有錄音機而已。其次據說也有在對談中認識的男女，實際上眞的成爲一對的，到這個地步什麼招式都使得出來。我就從來沒遇到過這種好事。眞氣人。

這暫且不提，像這種「嗯，你們隨便聊一聊」式的做法，美國的編輯一定難以理解吧。

我所遇到的名人(1)

我到目前爲止不太會遇到所謂名人。要問爲什麼嗎?單純只因爲我的眼睛不好。此外沒有別的更深的意思。眼睛不好的話,遠一點的人臉就看不太清楚了。

即使近在眼前,也因爲我向來不太注意周圍的狀況,所以多半不知不覺間就錯失了很多事情。所以朋友常常批評我:「村上這個人,你就是跟他擦肩而過,他都不會跟你打一聲招呼。」因爲這樣,即使我遇到名人,也會毫無感覺地走過去。

然而我太太對這種事,眼睛卻很尖,不管在多麼擁擠的地方,她一定都能一下子捕捉住名人的存在。這種本事,我想只能用天賦異稟來形容了。所以我跟她在一起的時候,她會告訴我:「啊,剛剛和中野良子擦肩而過,」或「栗原小卷在那邊。」我說:「是嗎?哪裡哪裡?」回頭看一圈時,人家早就消失無蹤了。

村上這傢伙
街上遇見
都不會
打招呼
在早稻田
那麼熟說

嚴重的時候，也有過「剛才在喫茶店裡，你旁邊就坐著山本陽子，看見沒？」這種事情如果當時能悄悄告訴我就好了，我想。

仔細想一想，說起來可能就會變成看到山本陽子的眞面目到底有多少價値？雖然如此，不過錯過了沒看到，總會覺得是一種「損失」。眞奇怪。下回我想來寫寫看，我遇到過的少數名人。

不過茨城縣新治郡的荒川昌彥先生，正如您所指出的那樣，六月五日在新宿的Bizarre酒吧前面，你看到的男人就是我。身邊的女人很幸運是我太太。讀了你的信時，一瞬間嚇了一跳，不過沒錯就是我太太。

我所遇到的名人⑵ 藤圭子小姐

學生時代，我在新宿的一家小唱片行打工。我想那應該是一九七〇年左右吧。總之是Grand Funk Railroad來日本在後樂園舉行演唱會的那年。（好懷念啊。）這家唱片行在武藏野館對面，現在已經變成賣奇巧小東西的店了。當時還沒有武藏野館。隔壁大樓地下室有一家OLD BLIND CAT爵士樂酒吧，我在工作的空檔，常常去那裡喝酒。

有一次藤圭子小姐到我打工的唱片行來。不過當時我完全不知道那個人居然就是大名鼎鼎的藤圭子小姐。她穿著不太顯眼的黑色大衣，也沒化什麼粧，個子小巧，有點靜悄悄不動聲色的感覺。

我想現在的年輕人可能不知道，當時的藤圭子，說起來就像是流星那樣出現，然後接二連三地唱出暢銷曲，成為劃時代的超級巨星。就算沒有現在的山口百惠那麼紅，但也不是一個人能輕鬆在新宿街頭走動的人物。不過她沒帶經紀人，就一個人信步走進我打工的唱片行來，以一副非常過意不去似的表情

請問，賣得好嗎？
這是藤圭子小姐
哇……
艷歌
男性歌手
本月排行榜

說：「那個，賣得好嗎？」微微一笑地問我。感覺非常好的笑臉，但因爲我沒弄清楚怎麼回事，所以就到後面去把店長請出來。

「啊，賣得不錯噢。」店長說完，她又微微一笑說：「請多指教！」就又消失到新宿的混雜人群中去了。聽店長說，這種事情以前也有過幾次。她就是藤圭子。

就這樣我雖然幾乎不聽演歌，不過到現在我還是覺得藤圭子是一個感覺非常好的人。只是當時我有一種印象，覺得這個人可能一輩子都無法習慣自己是名人。從那以後聽說她又離婚又改名的，希望她能繼續加油。

我所遇到的名人⑶ 吉行淳之介

吉行淳之介這個人對我們年輕、後輩的作家來說，是相當令人敬畏的人。可是爲什麼說吉行淳之介先生令人敬畏呢？這很難說明。雖然其他還有多如繁星（……未必這樣嗎）的名作家和了不起的作家，但只有吉行淳之介令人感覺敬畏，眞是不可思議。

吉行先生是我獲得文藝雜誌新人獎時的評審委員，應該算是對我有恩的人，在什麼地方遇到他時，我會好好地打招呼。於是他就會說：「啊，你上次寫的東西很有趣，」或「最近眼睛不好沒辦法看書，嗯，加油噢。」不過是不是每次都這麼親切呢？倒也未必。如果你對別人的事情稍微多嘴時，他就會輕輕說一句：「你這樣說，很無聊噢，」或「好了，別那麼庸俗，」就走到另一邊去。或許是這方面分寸拿捏的絕妙令人敬畏，或許是我自己不知不覺就收斂起來的關係吧。

所以每次在吉行先生身邊時，我就打定主意幾乎都不主動開口。本來我在

人前就算沉默寡言的，所以這樣一點也不以爲苦。反倒覺得輕鬆。所以到目前爲止我曾經有四次在酒店和吉行先生同席過，然而卻幾乎不記得交談過什麼。

那麼吉行先生在那種場所說了什麼呢？眞是沒什麼意思又無益的話冗長地說個沒完沒了。無益的話題經過無益的曲折，流向更無益的方向去，然後夜就更深了。我也算是個無益的人，不過因爲還年輕，所以還沒辦法無益到那個地步。我每次都很佩服。那種話一面說個沒完，一面還能若無其事地摸一把女服務生的胸部也眞偉大。不管怎麼說，到底還是令人敬畏。

我所遇到的名人(4) 山口昌弘君

山口昌弘君雖然並不是什麼名人，不過確實暗示著某種有名的特質，因此我想在這個項目中特別提出來。

山口昌弘（以下敬稱略）畢業於武藏野美術大學商業設計系，學生時代曾經在國分寺我以前開的爵士喫茶店打工。山口（稱呼越來越簡略了）不是個壞男人，不過說白了，卻是個幾近無能的員工。幾乎不做事，卻老以員工優待價賒賬喝酒，既沒有美術才華，成績不好，又不受女孩子歡迎。這樣的山口前幾天打電話到我家來。我想反正大概在當乞丐吧，且聽聽他怎麼說，他居然說正在代理「學生援護會」廣告的公司上班。所謂「學生援護會」就是出版這本《日刊打工新聞》的偉大公司。那麼，我問他：「你在那邊幹什麼？」他說：「作廣告啊。」出頭天了。

「嗯，春樹先生，就是那個，有牛出現的電視廣告啊，有沒有？那個，是我跟糸井先生一起製作的噢。」山口說。

我家因爲沒有電視，所以他那樣說，我也完全搞不清楚是怎麼回事。首先

村上先生你好，
以前承蒙多照
顧，現在我和糸井
先生在
拍有牛出
現，或有
富士山
出現的
廣告，
請務必
觀賞指
教，希
望下次
能見面。
如果是人就好了
CF界的鬼才 山口昌弘

就搞不懂爲什麼《日刊打工新聞》的電視廣告要有牛出現？

「那麼，你也不知道富士山上，牛穿著學生服，咻地出現說：『如果我是人的話就好了』那個廣告囉？」我說過沒電視嘛，怎麼會知道那個！因此山口昌弘非常失望落寞地掛斷電話。

這件事的教訓是什麼？

①沒興趣的領域，再怎麼有名，我也不知道。

②武藏野美術大學的成績評價是不可靠的。

山口君下次要再給我神宮球場特別席的門票啊。

談談書(1)《日刊打工新聞》的優點

我家的書增加得太多了，所以前幾天我買了新的書架。雖然說是職業的需要，不過書這東西眞是會繼續不斷增加下去的。一氣之下決定賣掉1/3左右，從早晨就開始著手分類整理的工作，然而一旦到了要處理的最後關頭，卻開始想到「這本已經絕版了」或「這本可能還會讀」或「反正賣也太便宜了」結果書的數量一點也沒減少。

最令人生氣的是，新出版的英文原著精裝書買了還沒讀之間，翻譯版本就已經出來了，既然有譯本，就提不起勁再特地用英文讀了，英文書要賣的話又便宜，簡直欲哭無淚。

還有，留下來也不知道有用沒用的雜誌也傷腦筋。例如《Eureka》文藝雜誌、《電影旬報》、《音樂雜誌》、《科幻雜誌》、《STUDIO VOICE》、《廣告批評》等，覺得要是丟了事後會後悔，但留到現在也不記得有過任何用處。

不過不怎麼起眼卻保存下來大橋步畫封面時代的《平凡Punch』》三十冊，

和創刊時的《an an》五十冊，《電影藝術》三年份，到現在倒是相當有用，所以眞的很難下判斷。因爲這種種原因，雜誌所占的空間就不容忽視了。

因爲喜歡料理的篇幅所以保存了《家庭畫報》，爲了工作上需要，又保存《君子》雜誌、《紐約客》、*PEOPLE*等……這樣一想起來，眞會開始焦躁。自己並不是一個物慾和擁有慾很強的人，爲什麼東西卻越來越增加呢？

這點像這本《日刊打工新聞》、和《琵雅》之類的娛樂情報雜誌就很令人愉快。因爲期間一過就可以毫不心疼地丟掉了。

談談書⑵ 老鷹擁有土地所有權嗎？

我經常去神田一家專賣外文書的舊書店。這家書店的好處在於，好書壞書全都混在一起，珍品書和像垃圾的書價格一律平等。最近這種悠閒的做生意方式已經消失了，眞令人懷念。尤其中古唱片行這種傾向特別強，稍微稀奇的唱片價格就定得很高。

從前（其實只是十年多一點以前而已）並不是這樣。例如我找了很久Mal Waldron的《Left Alone》原版盤和Thelonious Monk的Vogue唱片公司10吋原版盤，卻在中古店以千圓的便宜價格隨便丟在角落。我很喜歡這樣去發現，所以學生時代就在全東京的唱片行到處找，但最近幸運碰到這種「挖到寶」的次數卻大大減少了。眞叫人連夢都不能做。

那家神田的中古外文書店到現在還可以用正常價格買到有趣的書，這一點因此很珍貴。因爲是從以前就很有名的書店，所以愛好此道的人大家都知道。只是這家書店並沒有依照類別分別整理，所以什麼東西都亂七八糟地排在

一起堆積如山，想找到自己想要的書眞是太困難了。尤其單靠平裝本的英文書背，一一瀏覽幾千本書下去，對於視力不太好的人，除了辛苦之外沒有別的。雖然如此，我一走進那家書店後，卻可以不無聊地消磨一小時左右，因此找到不少其他書店看不到的珍本好書。

只是這家書店老闆自己手製的書腰上所寫的日語標題，卻最好別相信。"THE EAGLE HAS LANDED"（老鷹飛下來了）的書名變成「老鷹擁有土地」，相信傑克·希金斯（Jack Higgins）也會嚇一跳。不過正因爲有這種情況，所以我倒也不覺得無聊。

談談書(3) 賒帳買書

如果要問什麼事最奢侈？我想，沒有比小時候就可以賒帳買書更奢侈的事了。

我家雖然是生活極普通的家庭，不過因爲父親喜歡讀書，所以容許我在附近書店賒帳買喜歡的書。當然漫畫和週刊雜誌不行，只限於正當的書而已。不過不管怎麼樣，能夠賒帳買自己喜歡的書總是非常開心的事，因此我就堂堂變成一個讀書少年了。

這種事現在談起來大家都一律感到驚訝，不過在我成長的環境，小孩賒帳買書並不是多稀奇的事。當時我的朋友也有幾個這樣的，我記得很清楚他們在書店收銀台前就常常說：「嗯，我是綠之丘的××，請記帳。」不過擁有這種特權的孩子是不是都變成很喜歡讀書呢？也不見得，這方面倒很不可思議。是很不可思議吧？

繼續談從前的事，當時（一九六〇年代前半）我家每個月都訂河出書房的《世界文學全集》和中央公論社的《世界歷史》各一冊送到書店，我就這樣一

本又一本地讀著，度過我的十幾歲時光。托這個福，我的讀書範圍到現在爲止都以外國文學取勝。換句話說，正如諺語所說的「三歲看到老」吧，最早接觸的東西或所謂的環境，幾乎可以決定一個人一生的喜好。如果當時訂閱的是《日本文學全集》或《日本歷史》，而讀的第一本書是《破戒》的話，我現在可能會寫一些僵硬的現實主義小說也不一定。這麼一想，人生眞奇妙。

長大以後，從來沒有賒帳買過書。雖然如果想用信用卡買也可以辦到，不過並不想要，就用現金付了。如果不能說：「我是××町的村上，請記帳。」也就提不起那個勁了。

談談書(4) 簽書會雜感

有書出版的時候，書店一定會提起簽書會的事情來，不過我到現在爲止一次也沒有辦過簽書會。雖然我並不討厭簽名，不過一來覺得麻煩，二來覺得不好意思，所以從來就沒辦過簽書會。

不過其他作家正在辦簽書會時，偷看一下並不討厭。從遠遠的眺望著，卻老想一些：「他穿的鞋子不錯嘛」或「還寫了裝模作樣的字呢」或「人比照片看起來老吧」之類的無聊事情。結果卻不買書。連自己都覺得很過分。反過來說，正因爲不想遇到這種情況，所以我絕對不辦簽書會。但絕對沒有對簽書會心存批判的意思。

說到簽書會有什麼不妙的地方嗎？沒有人來請簽名是最不妙的了。書迷在紀伊國屋書店周圍繞七圈大排長龍等待簽名，當然沒問題，可是卻沒那麼順利。連村上龍都會說：「嘿，排隊有時候會中斷呢，」所以其他作家就不用多說了。以我在澀谷西武百貨書籍賣場碰巧看到的簽名會爲例來說，有某一

位作家二十分鐘之間都沒有一位顧客來要求簽名。這個人對面，正在辦竹宮惠子的簽名會，那邊倒是擠得爭相說不要推不要推。過一下作家大概覺得太無聊了吧，就到竹宮惠子那邊去瞧瞧，看起來眞可憐。我深深告誡自己，絕對不要遇到這種事情。

至於簽名的書，比方說把有我簽名的書拿去舊書店賣，對方會以比較高的價格收購嗎？沒這回事。聽舊書店的老闆說，有簽名而能賣到高價的，頂多只有遠藤周作、開高健高世代為止，其他的年輕作者的簽名只像把書弄髒了似的。居然說是弄髒，眞厲害。

關於省略語(1)

上次我跟內人談到飛機的事，不知道怎麼老是出現「博阿苦」一詞。這是我所不知道的字眼。心想這是什麼？一問之下，竟然是指"BOAC"。其實BOAC這個公司已經不存在，現在改成「英國航空」了。不過不管怎麼說，把"BOAC"讀成「博阿苦」，也眞豈有此理。爲什麼把"BOAC"讀成「博阿苦」就豈有此理呢？這有點難以說明。總之這是規定。"BOAC"就該讀成"B-O-A-C-"呀。

我這樣說時，內人就說：「像你這樣老是對細微事情抱怨的人，以後年紀大了，會被大家討厭的。」也許眞的是這樣。不過我每次聽到大家把"UFO"讀成「幽浮」時，我就覺得頭痛。"UFO"還是應該讀成"U-F-O-"的。如果有人無論如何都要說「幽浮」的話，那麼，請把"U.S.A."讀成「幽沙」看看吧。難道不是嗎？

回到飛機的話題，例如，"JAL"或"KAL"之類的讀成「加魯」、「卡魯」，

但是“TWA”卻不讀成「土蛙」。遠東廣播“FEN”常常有人讀成「泛」，那又怎麼樣？我沒有遇到過把“FEN”讀成「泛」的美國人。雖然不太清楚，不過我覺得好像暫且確實地讀成“F-E-N-”比較好的樣子。因爲並不太麻煩哪。

電影《藍色霹靂號》中，有一段描述一個新進直昇機勤務官戴著寫有“JAFO”的帽子，到處被人家問起：「JAFO是什麼的簡寫？」是什麼的簡寫，請去看看電影確認一下。是相當有趣的電影呢。

關於省略語(2)

不管英語、或日語，最近省略語眞的很多。社會複雜化、多樣化後，語言也隨著變得相當長了，所以無論如何不得不省略。我大概試著翻閱了一下類似「現代用語基礎知識」的東西時，眞是充滿了各種莫名其妙的省略語。正要準備就業的學生或許都在拼命猛背這些吧。眞辛苦。

最近省略語的好例子從"SALT"（Strategic Arms Limitation Talks）轉變成"START"（Strategic Arms Reduction Talks）。因爲"SALT"怎麼都不順利而苦苦拖延，於是靈機一動，想到來吧、換一下似的。不過其實變成"START"之後，裁軍會議進行得也完全不順利。

前幾天看了好久沒看的《美國風情畫》電影，也出現了很多省略語。例如I. D.，這當然是指身分證（Identification）的省略。在美國沒有這I. D. 的話，酒都不賣給你。在《美國風情畫》中有一個大醜男癩蛤蟆叫泰利，有一幕中女孩子跟他說：「我想喝酒，」結果他沒帶I. D. 就跑去買酒。泰利向路過的中年

人說：「老實說我上次水災的時候遺失了I. D.所以……」，拜託人家幫他買酒，可是中年人卻回答他：「那眞可憐，我也遺失了太太。不過名字並不叫愛蒂。」這裡很好笑。

還有一位飆車族約翰，被警察開了一張超速罰單。約翰向旁邊的女孩毒毒地說：「把這C. S. 收起來吧。」於是女孩子問：「C. S. 是什麼的省略？」這C. S. 其實是chicken shit（雞糞）的省略。當然是約翰隨便自己捏造的省略語。

之前有一幕女孩子曾經向約翰說過：「你很J. D. 嘛」。所謂J. D. 是指不良少年的省略。電影要認眞看也眞辛苦。

警察的故事(1) 盤查

學生時代，走在路上時，經常被警察叫住盤查。你住哪裡？要去哪裡？這類的問題。當時爲什麼非要被這樣盤查不可呢？我到底做了什麼呢？眞火大。不過漸漸的已經不太會被警察叫住了。

是我年紀大了長相變溫和了嗎？或者社會變和平了呢？我不知道是怎麼樣，不過盤查這種事情，能不被盤查了固然最好，卻也感覺有一點寂寞呢。閒得無聊的時候，看到警察時會想（如果能走過來問我什麼就好了），不過警察說起來眞妙，對這種對象他們偏偏絕對不會靠過來。就算眼光忽然交錯，那邊也像不理你似的把視線轉開，眞不簡單。

從前我住在小石川那時候，把生病的貓放進籃子裡要帶去看獸醫時，曾經在附近的派出所前被警察盤查。正好是土田警視總監家被炸的第二天，對方可能也很驚慌的樣子，三個警察把我團團圍住說：「蓋子打開。」

這麼說來，生病的貓放在籃子裡提在手上走的樣子，確實有點像在搬運炸

彈。一面想著原來如此，眞傷腦筋，一面說：「其實，是一隻小貓。」總之打開來讓他們看看吧，於是把蓋子打開時，喵地一聲貓從裡面伸出頭來。於是說：「哦，是貓啊！」才以微笑收場。

其實如果把貓當障眼物，底下藏著眞正的塑膠炸彈呢……這樣說事情就更有趣了，不過並沒有這樣，眞的只有貓而已。

Peace，Peace。

警察的故事(2) 筆錄

從前，因爲一點事情曾經被警察拉去寫過筆錄。那時候負責問我的是一個三十五歲上下的人，不知道爲什麼長相有點像保羅・紐曼。雖說像保羅・紐曼，但並不特別英俊瀟灑，只是純粹細部特徵很像而已，話雖這麼說還是像。而且那個警察穿的是VAN西裝式的白色扣領襯衫。一個像保羅・紐曼的警察穿著扣領襯衫的話，簡直完全就是紐約南布朗克斯的世界了。現在想起來，那眞是很特別的經驗。這跟安西水丸著的《普通人》中，所出現的警察局風景卻相當不同。

姑且不提那個了，我想在警察局寫過筆錄的人可能會明白，警察的作文能力比起一般人來，眞是極端的低。不管是以文法來說，以語助詞來說，以情景描寫來說，以心理描寫來說，都眞幼稚笨拙。所謂筆錄大概都是警察問問題，這邊回答的內容，警察把那化爲第一人稱「我……」的文章，要你簽上名字，這種做法，不過這位保羅・紐曼的情況，文章也眞笨得叫人啞然失笑。聽他

讀出來時，就想全部從頭開始幫他修改，錯別字也特別多。

不過最感到屈辱的還是，居然在這位保羅·紐曼用鉛筆寫的東西上面，要我一字一句都不差地用原子筆逐字照描謄寫上去。於是我用原子筆照抄完畢後，保羅·紐曼才用橡皮擦把自己用鉛筆寫的字一一擦掉，讓人家看起來就像我一開始就自己親筆寫下這筆錄似的。

我想不用說，跟警察扯上關係，是不會有什麼好事的。

為什麼不看報

到外國去最輕鬆的是不看報紙也可以過日子。我在日本的時候大體上也屬於不太看報紙的人，因此要說在哪裡都一樣，確實也好像差不多一樣。不過雖然如此，在日本的時候，一有大事件無論如何還是會傳到耳朵裡來，例如大韓航空的飛機被米格機擊落造成話題時，無論如何也會翻開報紙來看一看。

不過人在歐洲的時候，我既讀不懂當地的報紙，也不願意特地花大錢去買英文的《先驅論壇報》當冤大頭，於是便過著與資訊完全絕緣的生活。這樣眞的很輕鬆。老實說，其實沒有報紙一點也不會傷腦筋。尤其在希臘的時候更是，早晨起床→吃飯→游泳→吃飯→睡午覺→散步→喝酒→吃飯→睡覺，這樣的生活模式長久繼續反覆下去，因此實在沒有什麼餘地可以容納報紙。我覺得希臘眞是個了不起的國家。

上次我到德國停留了一個月，那時候也完全沒有讀所謂報紙的東西。只有一次我搭泛美航空的飛機去柏林時，讀了機上免費贈閱的《先驅論壇報》，並

不太在意地覺得：「哦，美國進攻格瑞納達了嗎？」或「美國雷根總統和日本總理中曾根康弘握手了嗎？」嗯嗯這樣而已，就沒再看過了。

倒是親眼看著德國年輕人胸前都別著反核胸章，汽車上到處貼著反對美國陸軍中距離地對地飛彈Pershing II貼紙，更能以肌膚親自體驗到世界空氣的流動似的。

我認爲眞正的資訊應該是這樣的東西。我絕對不是說報紙沒有用，只是覺得世間實在充斥著由左到右滾滾流過卻沾不上身的過多資訊而已。

在希臘如何獲得資訊

上回提過希臘很有趣的事情，這次繼續。

希臘是個很奇怪的國家，走在街上幾乎看不到書店。就算偶爾看到，也非常小，沒什麼客人。連首都雅典都這樣了，到其他地方就更不用說。總而言之，大家都不讀什麼書。那麼他們在做什麼呢？人們都聚集在咖啡廳，天南地北地討論著這個那個過日子。我想可能沒有其他國家的人民像他們這樣喜歡說話的吧？

因此，資訊的傳達方式也和日本相當不同。在日本的話資訊首先從電視進來，再以報紙散播開，以雜誌補充不足，以書籍確認。在希臘的話一旦消息傳進來之後，村子裡的男人就聚集到咖啡館，對這件事，這樣也不是那樣也不是、沒完沒了地繼續發表下去，結果形成類似模糊的共識般的東西。以這種形式所形成的輿論雖然花時間，不過我覺得道理似乎比較扎實。

例如搭巴士到鄉下旅行時，希臘大叔會走到我前面來，指著山谷間的

希臘的巴士中

村子，對我用希臘語嘰哩瓜啦地說些什麼。仔細傾聽之下好像在說：「一九四四年德國軍隊在這裡殘殺二百五十個村民」的樣子。於是巴士裡的希臘人從老人到小孩都「嗯、嗯」似地又點頭，又確認。然後有人說：「我們不原諒納粹，」大家又都「嗯、嗯」地猛點頭。已經是四十年前的事了，大家還打心底憎恨著那殘殺。

這種事情如果要說他們太頑固執迷也沒話說，不過相反的太簡單地讓事情付諸流水的思考模式，每隔十年就快速地頻頻轉變的國民性，我想也有問題。如果要問哪種比較好？我也不太清楚。

邁錫尼的小行星旅館

希臘有一個叫做邁錫尼的村子。是德國考古學家謝里曼（Heinrich Schliemann）發現阿加門農（Agamemnon）墳墓的著名古蹟。雖說著名，但邁錫尼其實真是個很小的村子，以規模來說只相當於日本原宿的竹下通那樣而已。觀光巴士一來時遊客大批湧入，巴士一走掉後，就又恢復靜悄悄的，一點聲音都沒有的村子。以地理位置來說，是從雅典可以當日來回的巴士行程，所以很少人會特地在這裡住下來。我滿喜歡這個邁錫尼村。

邁錫尼村最好的旅館是一家叫做「小行星」的飯店。以我們的感覺與其說是飯店不如說是民宿或「山間小屋」比較貼切。以設備來說希臘百分之九十五的飯店都一樣，相當隨便，房間也算不上多乾淨。不過這裡的飯店小巧雅致，住起來非常輕鬆。

「小行星」是一位退休希臘空軍飛行員，和他非常美麗的太太所經營的。先生很會做菜，做得一手相當道地的希臘家常菜給我們吃。據說他以前雖然開的是轟炸機，不過在和塞浦路斯戰爭時，開始深深感到討厭戰爭，於是從

空軍退伍下來，當起飯店老闆。有兩個小女兒，都非常可愛。

夜晚邁錫尼的村子一片黑暗。暗得令人感覺沒有別的地方像這樣暗的地步。我在陽台的黑暗中用手摸索著一面吃著附有米飯的魚餐，眺望著阿加門農山上的營火，一面和老闆聊天。他很愉快地談著每天的生活。

「我看你們好幸福的樣子啊？」我問說。

「那當然。」他說。「非常非常幸福噢。」

我在想，日本人中有幾個被問到：「你幸福嗎？」而能像這樣回答的呢？

希臘的餐館

繼續談談希臘。

雖然大家都說希臘的東西很難吃，但絕對沒這回事。如果要問那麼是不是特別好吃呢？又很難回答，不過我覺得不難吃。至少比我在東柏林的一流餐廳裡吃的東西要美味多了。我想有人會說他們用太多橄欖油所以不喜歡，不過習慣的話就沒什麼了。像我本來非常討厭羊肉的，可是他們的姆薩卡（茄子鑲絞肉加乳酪放進烤箱烤）卻美味得不得了，讓我大快朵頤一番。

全世界哪裡都一樣，希臘菜也是與其在一流餐廳吃不如在大眾化小館子吃來得更美味。在希臘吃過最難吃的餐，就是在某超一流飯店裡的希臘餐廳吃的。

不過希臘的大眾餐館多半很髒。要一手把正要飛到美食上的蒼蠅群揮開，一面趕在蒼蠅飛回來以前把美食送進口中，正在吃著的時候還要繼續趕蒼蠅，這樣的吃法。雅典果然情況好一點，不過一到鄉下去蒼蠅就很多，連睡午覺

都沒辦法睡的程度。不過不知道爲什麼，蒼蠅越多的地方，東西越好吃。

其次海岸附近魚眞鮮美。進到餐館首先請他們讓我看看廚房，選了陳列櫃裡的魚和蝦，請他們調理。鯛魚特別好吃，整隻拿來烤，再澆上橄欖油，配當地的白葡萄酒，一面小口啜著一面吃。龍蝦也相當不錯。其次配上蔬菜沙拉，一個人才一千圓出頭而已，簡直便宜得令人難以相信。眞是人間天堂。

只是，觀光客聚集的雅典衛城附近的小館子，服務生的素質差、價格又不便宜。如果到希臘旅行，請務必一定要一個人到鄉下去走走。因爲會非常快樂。

食物的好惡(1)

我是一個相當偏食的人。對於魚、青菜和酒可以說幾乎沒有什麼喜歡或討厭的分別，可是肉類只能吃牛肉，貝類除了牡蠣之外都不行。其次，中國菜全部沒辦法吃。所以大概以魚和青菜爲中心，一直都吃著調味清淡的東西簡簡單單地過著日子。經常吃像蒟蒻、羊栖菜、豆腐等，說起來，也就是老人食物吧。

有時候自己都覺得不可思議，喜歡什麼討厭什麼的判斷基準到底是從何而來的呢？爲什麼牡蠣可以吃，蛤蜊卻不能吃呢？牡蠣和蛤蜊本質上到底有什麼差異呢？這些事怎麼想都搞不清楚，最後只能以「命運」一句話解決掉。有一天，我在微風吹過的山丘上原因不明地愛上了牡蠣……這樣。結果就是一切。

到底經過什麼樣的歷程使我變成沒辦法吃中國菜的呢？這對我也是一個非常大的謎之一。我對中國和中國人絕對沒有懷抱惡劣的感情，相反的我覺得應該算是非常感興趣的。認識的朋友中有幾個中國人，我的小說中也出現許多

中國人。不過雖然如此，我的胃卻堅持不接受所謂中國菜這種東西。爲什麼，我也不太清楚。也許是因爲幼年經驗或這類原因造成的吧。

住在千駄谷那段時期，我家附近的奇拉通有兩間以美味聞名的拉麵店比鄰而開，從那門前經過時就會噴出討厭的拉麵氣味，因此我每次要回家都很辛苦。我的朋友每次經過那前面爲了勉強壓制想吃的強烈欲望據說也非常辛苦。聽到這種事情，光就喜歡或討厭拉麵的差別來說，我覺得人生的樣相就會相當不同啊。

食物的好惡(2)

前幾天我讀英國的報紙時，看到廣告頁上登著一張狗被吊著脖子的相片。心想到底是怎麼回事，一讀之下，是愛犬家協會刊登的訊息，內容是「韓國有殺狗吃的習慣，這太野蠻應該勸他們停止」。

大約一個月後，我在夏威夷火奴魯魯看報紙時，登著這樣的投書：「中國人捕捉野狗，而且把其中的一部分吃掉，實在太野蠻了，所以我們要抵制中國產品。」這是指北京展開大規模捕捉野狗的運動，一個半月之間撲殺了大約二十萬隻狗的事件（眞不得了！），一位夏威夷市民對這件事的反應。

根據我的記憶，朝鮮和英國之間也曾經在大約百年前發生過一次因狗所引起的騷動。那時候維多利亞女王（我想應該是）爲了對朝鮮皇帝表示友好而送了狗當禮物，朝鮮宮廷的人完全會錯意，以爲是送給他們煮的，於是感謝之餘便煮來吃掉了，當時這成爲相當大的政治問題。可能不應該說有趣，不過很有趣吧。

這種吃不吃狗的習慣問題，拿來和食物的喜歡討厭相提並論可能有點沒

道理，不過要吃什麼不吃什麼的選擇，根本上就是道理說不清的，這點似乎倒是屬於相同層次的東西。所謂野蠻並不是人類性向問題，而是概念問題。對於我可以吃牡蠣卻不能吃蛤蜊，如果你要逼問：「爲什麼？」的話，我也會非常傷腦筋難以說明。因爲要說明性向還可能，要說明概念幾乎是不可能的。

把話題跳遠來看，「你爲什麼會和那樣的太太在一起呢？」這樣的問題也屬於同一條線上的困難問題。我把這種現實暫且稱爲「同時存在的正當性」，不過這次的話題好像變得有點麻煩了。那麼，在下要告辭了。

食物的好惡(3)

雖然並不是生理上沒辦法吃，不過只是不太想吃，這類東西世上也是有的。咖哩烏龍麵就是其中之一。

我雖然喜歡咖哩也喜歡烏龍麵，不過咖哩烏龍麵卻無論如何不想動筷子。傷腦筋。前幾天在新宿看到可樂餅烏龍麵，這也不敢領教。

到底爲什麼烏龍麵裡非要特地放進什麼咖哩或可樂餅之類明顯不搭的東西呢？我完全無法理解。如果繼續容許這種事情存在的話，不久一定會冒出什麼「肉醬茶泡飯」之類的吧？

上次我在某懷石料理店吃到一客酪梨的利休涼拌，這也有一點傷腦筋。要說我太保守的話，也沒辦法，總之，我只要能和平而悠閒地吃正常的東西，我的希望只有這樣而已。

可是這樣說的我，從前一個人生活的學生時代，卻眞的做過亂七八糟的菜，也囫圇吞地充飢過。所以不太能說什麼大話。

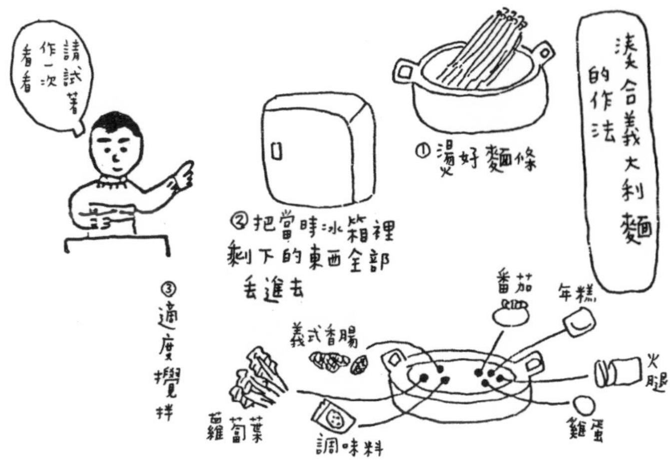

當時最頻繁做的料理，說起來就是「有什麼放什麼的義大利麵」。所謂「有什麼放什麼的義大利麵」並沒有什麼明確的調味基準，總之預先燙好大量的義大利麵，再看當時冰箱剩下什麼東西，不管喜歡不喜歡，都全部丟進去胡亂攪和一番，這樣而已。以料理來說，絲毫沒有所謂統一性。我在義大利麵裡，放過年糕、番茄、義式香腸・火腿、雞蛋、調味料、蘿蔔葉，全都一起放進去，現在想起來相當糟糕，不過當時還覺得「啊好吃好吃」而狼吞虎嚥地吃掉。好事的人也不妨試做一次來吃看看。相當能吃飽的。呵呵呵。

再談維也納修尼翠

好久以前在這個專欄上寫到過維也納風的炸小牛排，也就是維也納修尼翠，不知道各位讀者是不是還記得？水丸兄因為畫過插畫所以應該記得吧？

不過日前我特地到維也納去，吃了維也納炸肉排，卻非常失望。要問怎麼個失望法？說起來很奇怪，不過維也納的維也納修尼翠，一點也不像維也納修尼翠。在維也納點維也納修尼翠時，十次有六次會端出炸豬排來，奇怪居然會有這種事情？

前回也寫過，把小牛排肉拍打成薄片，沾上粉炸得酥酥脆脆，上面澆上奶油，叫做維也納修尼翠。我這樣解釋，在日本如果點「維也納修尼翠」的話，也會自動送上炸小牛排來。

那麼接下來問到在維也納吃到的小牛肉維也納修尼翠味道如何，以我的喜好來說，還是覺得在東京吃的好像比較美味。大體上說來份量很多。好像抹布那麼大塊的肉排整片端出來，也沒加什麼醬料，就搭配附上的馬鈴薯片一

起乾乾的慢慢吃。一個人這樣默默吃著時，不禁開始想到「我到底在幹什麼？」感覺好悲哀。

和這比較起來，在維也納吃到出乎意料之外美味的是，匈牙利燉牛肉（Gulasch）。我在午後的郊外飯店餐廳一面喝著生啤酒一面吃著這道菜時，氣氛相當好。加蘭姆酒的咖啡也很維也納風味令人放鬆。電影《老人與貓》（Harry and Tonto）裡，孤獨的老人哈利每次都喃喃地嘀咕著：「啊，好想吃美味的匈牙利燉牛肉，」我可以理解那種心情。

續・蟲蟲物語(1)「月夜的遊行」

好久以前了，這個專欄曾經寫過四次蟲蟲的事。我打聽過安西水丸最討厭蟲蟲，聽說當時他畫插畫就非常害怕。眞對不起他。不過一方面覺得過意不去，一方面聽說這樣偏偏想寫更多更多蟲蟲的故事也是人之常情。因此這次再來寫蟲蟲的事。

我內人以前看過蛞蝓的隊伍。那是她高中的時候，月明的夜晚走在東京御茶水女子大學附近的斜坡道上時，遠遠看見前方有一條銀色帶子似的東西。那東西一面閃閃發光，一面像河流一般橫著流過路面。從那右手邊的石圍牆裂開的排水管洞裡繼續流出來，穿越道路，往對面的石牆爬上去被吸進黑暗中去。帶狀的寬度大約將近一公尺。心想到底是什麼呢？走近前去一看，那是像老鼠那麼大的巨大蛞蝓行列。總之不知道有幾千隻幾萬隻，實在數不清。這遊行好像已經從相當久以前就開始了，路面上清楚地留下車子輾過的蛞蝓被壓碎成糊狀的痕跡。在月光照射下發出滑滑的亮光。眞是駭人的光景。

「因為那石牆裡的老房子拆毀了在改建成大廈，所以原來住在那裡的蛞蝓正在遷移到別的地方。」她這樣說，可是那數量非常多的巨大蛞蝓居然住在同一個地方嗎？還有牠們接下來要移動到什麼地方去住呢？所謂蛞蝓的民族移動，簡直像《十誡》中摩西的出埃及記一樣。在那蛞蝓群中一定有一隻特別巨大的領袖蛞蝓，帶頭領導大家到新天地去吧。一直想著這種事情的話，會覺得非常噁心，很可能睡不著覺。

續・蟲蟲物語⑵「毛毛蟲壺的悲劇」

世界上最可怕的刑罰是什麼？那就是「毛毛蟲壺」了，一定是。其實這「毛毛蟲壺」要實行還相當費事，所以不能算很實際。不過可怕的程度，可不會輸給其他大多刑罰的。

首先一開始要準備一個深二・五公尺到三公尺，直徑兩公尺左右的堅固的壺。這一定要相當牢固，而且要有某種程度的重量才有用，所以要注意。內側的壁面希望能滑溜溜的。其次壺的周圍要團團圍起高台，以便可以從上面往裡面偷窺。這樣第一階段就算完成了。

其次要聚集三千人左右的奴隸。而且命令他們：「一個人去找十隻毛毛蟲來。不然要鞭打一百次！」奴隸受不了被鞭打一百次，因此一定會拼命去找毛毛蟲來。嗯，於是就可以採集到三萬隻左右的毛毛蟲了。

然後把那三萬隻毛毛蟲倒進壺裡去。三萬隻毛毛蟲齊聚一堂時，那可相當壯觀。簡直像黑色的柏油在壺裡蠢蠢蠕動著似的。看起來就噁心。毛毛蟲的深

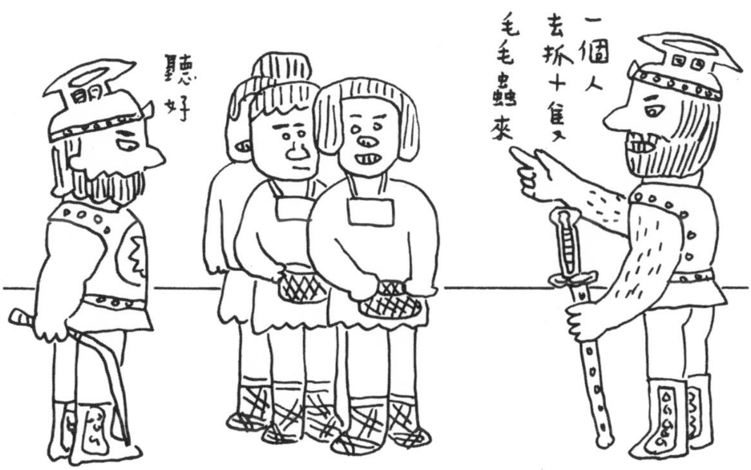

度大約有兩公尺的程度。

一切準備齊全。接下來只要把犯人推落到裡面就行了。然後大家就幸災樂禍地在旁邊觀看。

被推落裡面的犯人想爬上牆壁，但滑溜溜的立刻就再滑落下去，一直跳起來想呼吸，可是腳下踩到的毛毛蟲卻黏黏滑滑的站不穩，不久嘴巴裡爬進好多黑黑蠕動著的毛毛蟲，結果終於窒息而死。這個，很可怕吧？光想到嘴巴裡爬進刺扎扎的毛毛蟲，就覺得噁心。只有這種死法不敢領教。我希望能在床上平靜地死去。

拷問(1) 抱石頭和電鑽

電影中常常會出現拷問的一幕。不知道現在怎麼樣了，不過以前的古裝劇常常有抱石頭的拷問場面登場。不知道是誰想出來的，那眞是相當有效的拷問。

在這裡特地爲不知道的人說明一下，首先讓犯人端正跪坐在像算盤般一排排堅硬凸起的板子上，又在那膝蓋上疊上一塊又一塊的平板石塊。

電視上有個叫做《笑點》的節目中，膝蓋下鋪上一個又一個的座墊，那效果正好相反嘛。石頭每增加一塊，膝蓋就喀吱喀吱地作響，最後終於碎掉。我因爲沒有實際被這樣整過，所以詳細情況並不清楚，不過一定很痛。

如果是年輕的當地女孩被判抱石刑罰的話，實在可憐，不過反過來說也很性感。旁邊就站著惡官（大概像佐藤慶吧，就是他）斥責道：「小姐，很痛吧，快點招出妳父親在哪裡？」這樣不錯吧。

以日本的拷問來說，除了抱石之外，還有木馬刑和綁縛等。這些應該算屬

於其他領域的，所以這次就省略不提了。想知道詳情的人請看看日活的電影《團鬼六系列》。

電影的拷問場面中和邪惡地方官同樣受歡迎的，怎麼說都是納粹的親衛隊將官。他們不出場的話，拷問場面就不夠辛辣。在納粹電影中拍得最好的，我想還是《霹靂鑽》。這是納粹餘黨抓到猶太青年加以拷問的故事，這位納粹老兄本來是牙科醫師，於是就用電鑽對青年的蛀牙猛鑽。牙齦的神經都露出了，他還不住手，繼續堅持吱吱吱地鑽下去。平常去看牙醫就很可怕了，像這樣的場景讓你看下去，眞的會瘋掉。抱石固然討厭，電鑽也一樣討厭。

拷問(2) 搔癢和斷手指

我看過電影的拷問鏡頭中最有趣的，怎麼說都是搔癢的拷問。我忘了片名了，不過那是很久以前的B級西部片，所以以後我想也一定不會再上映了。

要問是什麼樣的片子嗎？首先是壞人黨的流氓團把好人的女朋友抓起來監禁在某個地方。其次好人抓到一個壞人，把他五花大綁在桌上盤問他女朋友被關在哪裡，在電影世界裡，大體上好人是使不出太粗暴手段的，壞人也知道這點，口風很緊，遲遲不肯透露眞相。

好人不久也累了，先抽根菸休息一下。當時的火柴是蠟火柴，正好在眼前壞人的腳底咻地擦一下。然而這個壞人正好極端怕癢，終於忍不住咯咯咯地笑了出來。

這麼一來接著就只好用搔癢拷問了。拿出羽毛來呼嚕呼嚕地搔他癢，用鉛筆尖寫「之」字，於是壞人也忍不住了，終於招出實話來。這種拷問比較明朗，還不錯。

相反的比較悽慘的是畢・雷諾斯的《英雄一身膽》，這部片子裡不肯招出女朋友在哪裡的刑警，被用刀子把手指一根又一根切下，想起來就恐怖得令人毛骨悚然。薛尼・波拉克（Sydney Pollack）的《高手》（The Yakuza）中的高倉健，切手指那一幕，聽說美國有幾個觀眾看得昏倒。但我覺得《英雄一身膽》的拷問那一幕要狠多了。看得我直冒冷汗。

雖然如此，畢・雷諾斯所扮演的刑警，譏笑那俐落地耍刀的東洋人說：「你是紅花日本料理店的廚子吧？」這正是畢・雷諾斯發揮眞本領的地方。

拷問⑶梅爾・布魯克斯的《世界史：第一部》

拷問的話題固執地繼續下去。

電影的拷問場面愚蠢至極的例子，怎麼說都要數梅爾・布魯克斯（Mel Brooks）的《世界史：第一部》（History of the World : Part I）中，托爾克馬達（Torquemada）的宗教審判。這是將西班牙法官托爾克馬達十七世紀逮捕異教徒加以虐待的史實拍成的電影故事，因爲劇情非常震撼驚悚，如果有機會請務必看看。尤其是以伊瑟・威廉斯（Esther Williams）主演的根據往年米高梅音樂劇改編的游泳池場景，簡直叫人笑得捧腹絕倒。

其實這位梅爾・布魯克斯的電影不光是叫人覺得好笑有趣而已，仔細看時整體可以成立爲描寫猶太人被迫害的歷史電影，在這層意義上眞是相當有骨氣的作品。梅爾・布魯克斯和伍迪・艾倫一樣是生長在紐約布魯克林的猶太人，就像其他生長在布魯克林的猶太人往往會遭遇到的那樣，從小就在徹底被虐待中長大。人類經常被持續虐待據說會出現兩種反應。也就是變成暴力化向對方報復，或變成滑稽詼諧逗引對方笑。以猶太人來說，前者的代表是以色列首

相，後者的代表有馬克思兄弟（Marx Brothers）和梅爾．布魯克斯，位於中間一帶則有伍迪．艾倫。我非常喜歡梅爾．布魯克斯和馬克思兄弟。

在梅爾．布魯克斯《世界史》中，猶太人一代又一代地被欺負。在羅馬篇中一個自稱猶太喜劇演員和猶太教徒的黑人奴隸（當然是以山姆．戴維斯當原型）被獨裁者凱撒虐待，在西班牙篇中就像剛才說過的那樣，猶太教徒被托爾克馬達拷問。法國革命篇中猶太人小便侍者代替路易十六上斷頭台差一點被砍頭。非常可憐。不過最後又像《星際大戰》那樣，整個宇宙的猶太人都被解放了，這是看電影的樂趣。

北非諜影問題

前幾天看了好久沒看的詹姆斯．龐德系列的《第七號情報員續集》」（From Russia with Love），有一幕一個在土耳其的英國情報員對龐德說：「你不在的話，伊斯坦堡會很寂寞。」（Life in Istanbul will never be the same without you.）咦，好像在哪裡聽過的台詞，我想是《北非諜影》吧？試著查查看，果然是《北非諜影》。當地警察署長克羅得．連茲對亨佛萊．鮑嘉說：“This place will never be the same without you.”的台詞。簡單說就是，我會很想念你“I'll miss you.”的意思，不過有點迂迴，就成爲比較有男人味的說法了。以文章的結構來說，是有點怪的例子，不過類似「不放奶精的咖啡……」。詹姆斯．龐德不在的伊斯坦堡，就像亨佛萊．鮑嘉不在的卡薩布蘭卡一樣。

我並不打算說廣告文案的壞話，不過有名的廣告文案好像一定會破壞週遭的文體。就像菲律賓的燒荒耕作破壞森林的狀況一樣。例如錢德勒的有名台詞：「不堅強的話無法生存下去。不溫柔的話……如何如何，」被廣告業界破

咖啡不加奶精怎麼會好喝？
土耳其的英國情報員
詹姆斯·龐德

壞殆盡了之後，就變成空殼般的台詞了。

《北非諜影》中也有很多經典台詞，這部電影看幾次照樣覺得很有趣。除了我之外還有很多這部電影的超級影迷，這些人常常模仿電影，引起很多問題。

例如我從前經營喫茶店的時候，有一個人每次都在打烊後才來，彈一段 *As Time Goes By* 然後回去。這種人會讓人不禁微笑起來，不過也算是一種對社會的干擾。

越南戰爭問題

上次看電影，一個飛行員被問到：「你在越南待多久？」他回答：“Two turns and half”，字幕翻譯成：「來回兩趟半。」站在我的立場，並不想挑剔別人的翻譯，不過我想這裡應該翻譯成「兩期半」吧。我讀了麥可．赫爾（Michael Herr）所寫的越南戰爭報告《派遣》（*Dispatches*），記得這個“turn”字經常出現。“One turn”記得是兩年。在越南服兵役一期的話，已經是老經驗的兵了，普通人的話精神已經會受不了。而居然服了兩期半，那麼這個飛行員一定是個相當強悍的硬漢。至於那「來回兩趟半」指的是什麼，我就完全搞不清楚。大概是在美國本土和越南之間來回兩趟半，那麼現在應該還在越南的境內，不是嗎？

關於越南戰爭有很多電影、小說和紀錄片。看了這些首先會發現，眞是有很多隱語、俗語之類的。我第一次讀越戰小說的時候，因爲實在太多莫名其妙的單字，弄得搞不清楚在說什麼。不只我有這種感覺，一般美國人也一樣，有

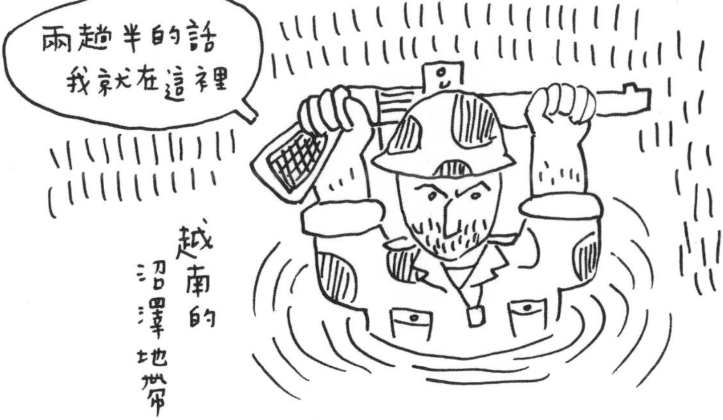

些小說後面還附有越戰的專門術語和俗語「速查辭典」，以方便讀者查閱。

我很喜歡科波拉的《現代啓示錄》，到戲院去看了四次左右，片中出現的俗語，雖然沒有小說那麼多，不過還是相當多。尤其對東方人的歧視用語很多，字幕翻譯都沒辦法完全譯出來。我深深感覺光從語言這一方面來看，越戰已經是美國史無前例的骯髒戰爭了。

電影字幕問題

我問了從事電影字幕翻譯工作的人，聽說能顯示在電影字幕上的資訊量眞是少得可憐。如果原始對話的資訊量是1的話，那麼字幕的資訊量就降到只有1/3到1/4的程度。這樣的話不如改成日語發音版的內容還好得多呢。

不過重新錄音成另一種語言時電影的印象確實會亂掉，我就沒辦法喜歡，所以無論如何還是要依賴字幕。前幾天，我也看了所謂的《星際大戰・日語版》，完全聽不懂日語對白，看得眞掃興。不知道是發音不好，還是對白節奏和電影節奏不太吻合，聽不懂到底在說什麼。眞傷腦筋。

很久以前，《紐倫堡大審》在日本上演時，導演史丹利・克萊馬（Stanley Kramer）就曾經要求：「這是以微妙對白所構成的法庭劇，所以希望不要靠字幕，一定要改成以日語發音公開上映。」因此錄音製作成日語版。可是日本的影迷有人說轉成日語版好像電視一樣，眞不喜歡。評語很差，結果片商就只在第一天的早場上映時播日語版，應付過去。

我當時完全不知道有這回事，早上起床後到電影院去，不知道是幸或不幸，就看了日語版的《紐倫堡大審》。這個日語版和配字幕的英語版比起來，我想各有千秋吧。雖然史丹利．克萊馬的用意可以充分理解，不過紐倫堡法庭所使用的法律用語、政治用語卻和日本相當不同，並不是那種可以朗朗上口，而觀眾可以流暢理解的那種對白。口頭資訊和文字資訊之間，其實擁有許多光從資訊量無法推測得知的質方面的差異。

《豪勇七蛟龍》問題

約翰·史特吉斯（John Sturges）導過一部電影《豪勇七蛟龍》。這是史特吉斯改編黑澤明的《七武士》重新選角，由尤·伯連納和史帝夫·麥昆主演的著名電影，我想很多人應該看過。我滿喜歡這部電影中詹姆斯·柯本的酷模樣，和羅勃特·渥夫有點過度誇張的演技，不過那和這次的主題沒關係，所以就不再提了。

在這裡我想提出的問題是，電影開始的部分。電影從墨西哥山賊襲擊墨西哥一個村莊的一幕開始。這完全沒問題，不過這些老墨之間居然用英語對話。而且是亂七八糟的墨西哥腔英語，「我跟你，好朋友」「你們收穫都拿走，村民飢餓」這樣。我想與其說這種愚蠢的英語，還不如說正確的西班牙語會比較好，不過美國人非常討厭讀字幕，所以無論如何就變成這個樣子了。可是偏偏只有「Adiós」（再見）啦、「Vaya con dios」（上帝保佑你）之類的招呼用語還用西班牙語說。其實也有像我這種喜歡那呆模樣，所以重複看了好幾次《豪勇

七蛟龍》的人。

不過，最近好萊塢的情況也改變很多，電影中德國人就確實講德語，法國人就說法語。所以像《蘇菲的抉擇》，電影中就有占相當比重奧茲維茲集中營的場景全部說德語。

前幾天我和一位住在日本的美國人談起《蘇菲的抉擇》，他透露說：「我聽不懂德語，又看不懂日文字幕，所以那在奧茲維茲的部分我完全看不懂。」眞可憐。所謂寫實主義，說起來眞是相當累人又不方便的東西。

哈利老爹問題

以前，我寫過電影字幕的字數有限制，很不容易寫。尤其像《星際大戰》出現像C-3PO那樣嘰嘰喳喳亂說一通的角色時，就完全投降了。說話繞圈子的趣味和特殊腔調很難傳達。遇到俏皮話、諧音雙關語之類的也只好投降。字幕製作者的工作眞是太不簡單了。「那與其說是翻譯，不如說簡直像在寫詩或寫廣告文案的世界嘛。」某相關人士也這樣說。

《撥雲見日4》中，克林．伊斯威特面對用槍口對準人質的強盜，毫不在乎的拿馬格南重型槍管對著他強悍地吼道："Go ahead, make my day." 我想字幕上確實是寫著：「來呀射吧！」意思是這樣沒錯，不過譯文太乾脆了，好像少了一點厲害的味道。這是這部電影中的關鍵台詞，所以不妨多動一點腦筋。

不過，這句"make my day"實在很難翻譯。以感覺來說雖然意思是說：「好啊，你射，就給我一槍吧！」不過既然好不容易看開了，有沒有更高明的字幕呢？「來吧，動手啊！讓我去得痛快！」如果這樣的話，也比較接近老爹哈

利・卡拉漢刑警的個性。如果想到更高明的譯文請通知一聲。條件是要整理在十七字以內。相當困難吧。確實這種作業並不是不能稱爲接近詩或廣告文案的世界。

這部電影我是在夏威夷火奴魯魯看的，這決定性的台詞出現時，年輕男孩都會樂得直呼：「Yeh！」很像我學生時代看東映流氓片的氣氛。說什麼「全世界饒得了你，背上的唐獅子卻饒不了你！」確實這種致命的一句非常難翻譯。

這專欄本週終於最後一次

我的個性比較容易厭煩，所以以前從來沒寫過連續超過一年的連載，不過這個專欄原來預定一年的，卻拖拖拉拉地延長到一年九個月之久。這主要是托安西水丸兄插畫的福。一想到這次旁邊不知道會配上什麼樣的圖，筆就不知不覺地動了起來。所以並沒有「這星期要寫什麼？沒東西可寫眞傷腦筋」之類的情況，每星期都以「哎呀呀，這次要……」的心情呵呵地寫出來，眞該感謝。

還有這《日刊打工新聞》的雜誌，主要是給年輕人讀的，對我來說好像也鼓勵很大。

我已經是一個身體淹沒到腰部（注・水丸兄已經淹沒到胸部）的中年人了，事到如今並沒有必要再去奉承年輕人，不過爲年輕人寫一點什麼是很快樂的事。

當然並不是因爲年輕所以很好，或只要年輕就好，年輕世代有年輕世代特有的傲慢和粗心，有時候也會令人感到厭煩。不過年輕人的傲慢和粗心，就

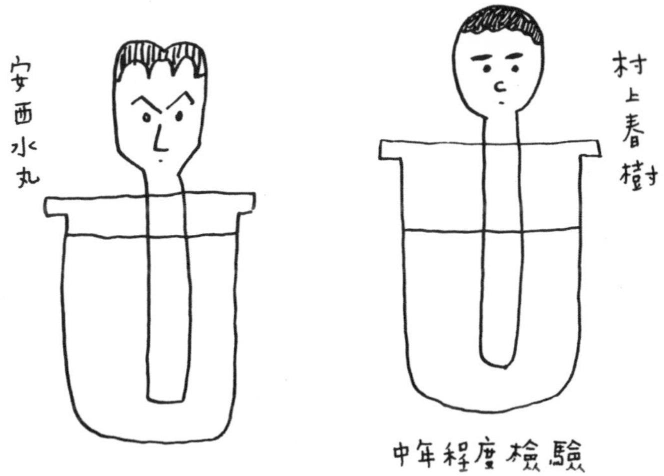

只有那樣獨立產生作用，並不直接和權力掛勾，因此以年輕人爲對象就會鬆一口氣。因爲到了我這樣的世代之後，有些人已經在各個領域確實掌握社會的權力了。要具體說出來的話會惹麻煩，所以就不說了。

總之，就這樣，感覺以年輕人爲對象一年九個月的專欄以閒話雜談的方式繼續下來。並沒有對年輕人提供什麼訊息、提案，或抱怨。嗯，好好工作，努力地上年紀吧。我也是這樣過來的，好不容易才和大家一樣變成中年的。

號外 新年的快樂過法(1)

從前一提到新年就不太能理解、不太能接受。爲什麼一月一日是新年呢？爲什麼正月是一年的開始呢？這些地方我無法適當掌握。覺得好像完全沒有什麼必然性。拿道理來說，從冬至的第二天開始就是新年了，這種說法還比較乾淨俐落。爲什麼非要定一月一日是一年的開始不可呢？

話雖這麼說，其中當然有某種必然性在吧。要不然人類不可能幾千年來都毫無怨言地確確實實繼續遵守這樣的習俗吧。關於這點我從小就想，我要查個清楚，我要查個清楚，然而到現在都還沒查。不久之內一定要來查。

就因爲這樣，我對正月有點心存懷疑。學生時代我也沒有因爲是新年放假就回家去。那麼，在做什麼呢？在打工。從年底到新年之間的打工有特別獎金，所以很划算。雖然會被周圍的人說話，「連新年都打工眞辛苦啊。」不過我本來就不太相信新年，所以怎麼說都無所謂。與其回去面對父親說恭賀新禧、看電視的無聊節目，不如打工還比較好。

尤其最開心的是，除夕夜到新宿的通宵電影院去一家接一家看。從十點左右開始到早晨爲止，一共看大約六部電影。走出歌舞伎町的東映時，天色已經開始微微泛白了，冷冷的新年氣氛相當不錯。什麼「紅白大賽」啦「除舊歲迎新年」等無意義的節目我從來沒看過。

不過去年的除夕夜，好久沒去了，到歌舞伎町去走一走時，幾乎已經沒有通宵放映的電影院了。一問之下，據說工作人員和打工的學生都希望至少元旦早晨能留在家裡。眞遺憾。好像重複說好幾次了，雖說是元旦早晨，可是並沒有任何特別的事情吧？有嗎？

號外 新年的快樂過法(2)

確實去年的新年我在這專欄上寫過意思是「新年一點都不好玩」的事，不過今年我想試著把新年寫得快樂一點。我滿喜歡做這種事的。

我偶爾會一個人開討論會，而且相當自得其樂。例如以「人類有尾巴好還是沒有尾巴好」這樣的主題，分成支持尾巴派A，反對尾巴派B，再一個人輪流上場辯論一番。這樣做著時，就會清楚地明白人類的意見或思想原來是多麼曖昧不明、動搖不定、見風轉舵的東西。不過當然，那動搖不定、見風轉舵的地方有時候竟然也有很可愛的情況。

總之談的是新年正月的事。

一到新年我們家也不例外地會做一些年菜。年底我和內人一起到築地的魚市場去，採買了大量的小鰤魚、鮪魚、蝦子和青菜等回來。用這些做了各式各樣的年菜。

不瞞你說，我對年菜眞是喜歡得不得了。因爲我是一個幾乎不吃肉和油膩東西的人，所以像日本年菜那樣只以魚和煮蔬菜排成一小碟一小碟的，就覺得

好開心。我想就算連續一個月吃這樣的年菜，可能都不會膩。

還有我也喜歡雜燴。因爲我不喜歡肉類和油膩的東西，所以我們家的雜燴，就用柴魚和昆布熬出來的湯底，放鰤魚切片、蝦子、三葉芹、香菇、魚板、紅蘿蔔、白蘿蔔、番薯、烤年糕等，作清湯。第二天則以鮭魚切片和魚卵代替鰤魚切片。第三天放鰆魚。這些料理一端出來時，會深深感覺好幸福。

不過即使做了很多料理，我們家也只有兩個人，而且內人本來就吃得少，而我又在節食，所以，怎麼吃東西還是不太會減少。因此每年第三天左右就會找食量大的朋友夫婦來，請他們像費里尼的電影裡的人那樣幫忙大吃大喝一番。

這些人來了之後就算大樽的日本酒、剩下的葡萄酒都能暢快地幫你消化掉，無法放隔夜的食物也不必丟棄就能解決掉，眞是感謝。吃飽以後，玩玩Scramble的電動遊戲，打打麻將。

除了吃之外期待什麼新年的快樂事情呢？說起來不外是天空晴朗、街上很安靜。卡車之類的大型汽車數量也少。我對汽車這東西沒什麼好感，所以光是車子少就覺得心情相當快樂了。元旦早晨在街上跑步眞的覺得很舒服。

可是說到什麼事最快樂，我想沒有比住在東京的都心迎接新年更快樂的事了。我曾經住在千駄谷，那時候新年眞的很有趣。首先在除夕夜走路到六本木的狸穴蕎麥麵店去吃蕎麥麵，再到新宿去喝酒，在歌舞伎町逛街看電影，然後到原宿的東鄉神社去抽個籤，走進喫茶店去喝杯咖啡，到唱片行去看看通宵特賣，在攤子吃烤章魚，然後走回千駄谷，在鳩森神社喝神酒後回家，吃一點年菜的蛋捲之類的，一面吃熱蕎麥麵，一面聽霍爾與奧茲（Daryl Hall & John Oates）。然後睡覺。除夕大年夜是這樣的流程。

元旦到了，一早起床走到赤坂去。這一帶的氣氛非常好。街上靜悄悄的，寬闊的道路空蕩蕩的。空氣清澈乾爽，皮膚可以感覺到刺刺的。從繪畫館前

面穿過整排葉子已經落盡的銀杏行道樹，從青山道左轉，走下東京馬拉松大賽時瀨古超越戈梅斯的那個坡道到達赤坂。左手邊有豐川稻荷，於是經過那裡一下，再吃個烤章魚。然後到日枝神社。在日枝神社買了招財貓，在希爾頓飯店的Tea Room喝杯咖啡。像這樣，新年在街上散步時，深深感覺東京眞是個好地方。天空沒有煙塵霧靄，車輛稀少，人群稀少，光是這樣就覺得心情好舒暢。好幸福。如果每天都是新年的話，我會很樂於住在東京，可惜並不可能，因此我現在住在千葉。

　我在新年不太會去別人家。因爲電視聲音很吵。我不想老是抱怨，不過爲什麼新年的電視節目大家都在那樣尖叫呢？日本全國一整年都已經那麼歇斯底里地吵鬧了，我想新年的三天，全國的電視和收音機廣播乾脆停播算了。汽車最好也限制行駛。那樣的話日本全國就會安靜下來，眞好。新年大家都來靜靜地吃雜燴年菜吧。

對了，人類如果長尾巴的話，要掃掉橡皮擦屑時，就非常方便了，你不覺得嗎？

村上春樹&安西水丸

「在千倉吃早餐的方法」

請教安西水丸兄 1

我想請教千葉縣出身的名人安西水丸兄，有關千倉的事情。千倉正如您所知道的，位於千葉縣的最南端，一個漁村。非常安靜的好地方，我也很喜歡。從前松竹電影公司的《影之車》就以這裡爲舞台，因此我喜歡上千倉這地方，去玩過幾次。

春：嗯，那麼首先就從據說你們用羊栖菜（褐藻）刷牙這件事情開始吧。

水：啊，羊栖菜嗎？那個。我下次帶來。

春：眞高興，我很喜歡吃呢。不過說用羊栖菜刷牙，實在很難想像那畫面。

水：我們家啊，雖說是在千倉其實更接近白濱，都是岩石的海岸呢。全都是岩礁磯石噢，上面長滿了羊栖菜。我們在羊栖菜上滑著玩，滑著滑著跌一跤，簡直就像鋪了滿地的天鵝絨一樣。把那抓起一把塞進嘴巴裡，咬個兩三

次。就像嚼口香糖一樣，因爲是生的不能吃吧？於是，吐出來。結果，你看，就跟刷牙一樣啊，不是有人用口香糖刷牙嗎？就跟那一樣。因爲有彈性又有鹽分。

春：跟 Salt Sun-Star 一樣啊。那麼千倉地方的人，是不是都這樣用嚼羊栖菜在刷牙呢？

水：沒有，他們不可能這樣做，只有我偶然這樣做過而已。千倉的人倒是沒有這樣做。

春：原來只有水丸兄自己一個人這樣做。

水：是啊是啊——。

春：並沒有普遍。

水：沒有。

喲。

春：嗯——。

水：不過，嗯，拿來擦擦眼鏡，或擦擦潛水鏡，這些大家倒是都用羊栖菜喲。

春：用羊栖菜嗎？

水：是啊，大家都用這個這樣做。這樣鏡片就不會霧霧的。海女也這樣，用羊栖菜擦潛水鏡。於是啊，不知道爲什麼，可以去油脂，沾在玻璃上的油。那，羊栖菜這東西有很多用處呢。

春：不過，再怎麼說還是可以吃最重要噢，既然叫做羊栖菜。

水：可是，吃的人不太多，那東西。其他可以吃的東西太豐富了。像鮑魚啦、海螺啦、海帶芽啦，還有那個，**磯海苔**之類的。

春：磯海苔??

水：你沒吃過磯海苔吧？

春：沒有。

水：到了冬天，岩石上就會長出那個來。從礁岩上長出來。也就是青苔嘛。這有青色和黑色的，黑色的才是上等的。那很美味喲，非常棒。叫做磯海苔。

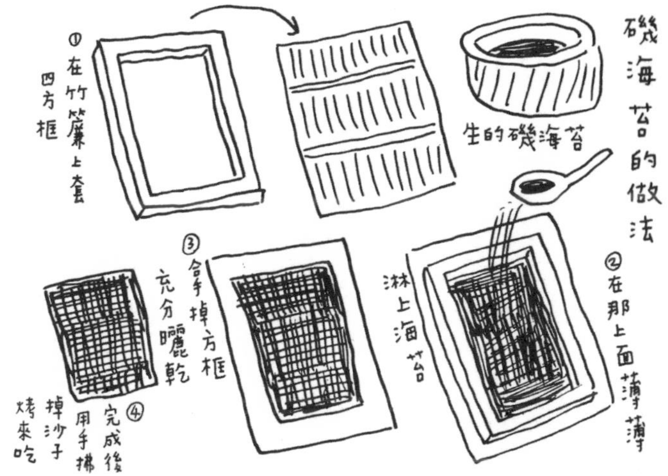
磯海苔的做法
①在竹簾上套四方框
生的磯海苔
②在那上面薄薄淋上海苔
③拿掉方框充分曬乾
④完成後用手拂掉沙子烤來吃

春：那個生的採下來，馬上就可以吃嗎？

水：生的採下來，然後用四方形畫框一樣的東西，不是有像竹簾子一樣的東西嗎？竹做的簾子放上畫框一樣的東西，把去掉砂子的乾淨磯海苔薄薄鋪上去，曬個一兩天，你看，就像做海苔一樣嘛。

春：哦，嗯。

水：然後，還有叫做**波葉**的噢。

春：波葉？

水：不知道字怎麼寫，大概寫成波浪的葉子吧……。比海帶芽小一點點。海帶芽啊，寬度不是比較寬嗎？比那小一點。那個也像岩石的青苔一樣，做成這樣的形狀，也非常美味喲。

春：可以就那樣吃嗎？

水：不，那要烤過，放在碟子上，開始先澆上開水，稍微泡軟以後，再加醬油，這樣，以醬油調味來吃。加在白飯上。

春：好像很好吃的樣子。

水：下次我都帶一些來，全部。波葉呀，從前有很多的，到處都是。不過最近變成高級料理之後，東京的料理店會專程來買。所以，最近就很難再看到了。不過總之我下次冬天去找來。

春：好想吃。那麼，嗯，我再固執地回到羊栖菜的話題上，也就是你們不吃煮的羊栖菜嗎？比方放豆子或油豆腐之類的……。

水：一般不會這樣吃。只有在慶祝的時候，才會這樣吃。

春：（愕然）……啊——慶祝的時候會吃煮的羊栖菜嗎？

水：對，在慶祝小孩三歲、五歲、七歲的時候，不是要請很多人來，做很多菜嗎？這時候會做涼拌的羊栖菜……本來羊栖菜這東西就是慶祝的食物。

春：是嗎？好像是年菜的感覺。平常不吃嗎？

水：平常不吃什麼羊栖菜的，那東西，走在路上就可以看到掉在路上的。

春：哦——，那麼千倉的人平常吃什麼呢？

水：魚呀，一直都這樣。

春：從早餐開始說好嗎？

水：嗯，早餐嗎？就是那種岩苔啦、鮑魚啦……。

春：從一大早就開始吃鮑魚嗎？

水：像鮑魚的生魚片。嗯，走在路上，如果有蘋果掉在路上會撿起來，鮑魚掉在路上卻沒有人會去撿，誰都不撿，千倉的人。

春：哈哈哈……。

水：然後把海螺紅燒成甜甜鹹鹹的吃。那個就熱飯吃，還有**石疊貝**。

春：十碟貝??

水：你不知道石疊貝嗎？

春：不知道。

水：那個——到海邊的時候，不是有很多各種像小小的卷貝嗎？就是那個。那個啊，在退潮的時候，就會露出很多來喲。把那個撿回家，只要水煮就行了。然後，用針挑出來，用大頭針。

春：哦。

很棒。

水：挑出來，把那沾一點粉油炸。就像炸牡蠣一樣。還有和蔥拌醋味噌也很棒。

春：好好吃的樣子噢。

水：很好吃啊。眞的。

春：味噌湯怎麼樣呢？

水：味噌湯啊，嗯，放像布海苔的東西。那是一種海草。有點黏黏的，把那個，放進味噌湯裡喝。還有**笠貝**喲。

春：麗貝??

水：笠貝就是那種扁平的，形狀像斗笠貼著岩石長的有沒有？就是那個。……還有什麼呢？嗯，叫做**烏龜的指甲**的。

春：烏龜的指甲??

水：呼呼呼……（笑），你看岩石和岩石之間不是經常會有黏在一起的嗎？像指甲一樣的，就是那個。笠貝的味噌湯，那味道眞鮮哪。還有，磯螃蟹，嗯——把腳去掉，只用蟹殼煮的味噌湯。

春：只用蟹殼嗎？

水：只熬那湯嘛，這也很鮮美喲。不是有用蟹肉做的餛飩嗎？就是那種感覺。

春：螃蟹本身不吃嗎？

水：想吃的人也可以吃啊，不過一般是不吃的，因爲只是爲了熬湯用的。

春：聽起來好好吃的樣子，那麼，早餐就大概這樣嗎？

水：是啊，這些並不是全部吃，只吃其中的幾樣。

春：嗯，這還不到羊栖菜上場的時候。

「在千倉吃晚餐的方法」

請教安西水丸兄 2

繼續前一回「千倉的早餐」篇，安西水丸兄再談「千倉的晚餐」。好好吃的樣子噢。

春：那麼晚餐又怎麼樣呢？

水：魚呀。然後還是貝類，還有生魚片哪。

春：那邊都有些什麼魚？

水：竹莢魚的生魚片很美味喲。

春：好想吃噢。

水：竹筴魚的生魚片、沙丁魚的生魚片、還有秋刀魚。

春：剛剛捕回來的沙丁魚的生魚片一定很美味噢。

水：那當然美味囉。我喜歡竹莢魚的生魚片，到千倉去馬上就吃竹莢魚，

結果別的生魚片就不太能吃了。偶爾也會吃翻車魚的生魚片就是了。

春：翻車魚的生魚片？

水：翻車魚的生魚片很美味喲。因爲是白肉的。

春：沒有一般的生魚片嗎？像鮪魚或鰤魚。

水：有啊，像旗魚之類的。不過本地人還滿喜歡吃沙丁魚和竹筴魚的。還有海螺和鮑魚的內臟。有人把那用醋泡了吃。

春：眞不簡單啊。

水：還有龍蝦用燙的。把肉這樣子挑出來，沾薑絲醬油來吃。沒有螃蟹，沒有大的螃蟹。只有我前面說的那種小的（請參考早餐篇）。小的要多少就有多少。還有蔬菜。像okra（秋葵）。我們把秋葵叫做neri。okra是英語吧？發音成okra吧？

春：Hotel Okura大倉飯店嗎？

水：對對。秋葵說起來是千倉的名產，我們家從以前就一直在吃，好像是以前戰爭的時候，在南洋被俘虜的人帶回來的。你看，花很漂亮噢。有點像月見草。你沒有種過秋葵吧？

春：啊，我沒看過秋葵的花。

水：下次帶來給你。很容易長。所以我常常吃秋葵。人家說可以抵三個雞蛋的營養……。

春：三個鱈魚子（tarako）的份嗎？

水：不是不是，是三個雞蛋（tamago）的份。

春：在千倉什麼算是奢侈品？

水：肉。現在是有了，以前連一家肉鋪都沒有。

春：慶典的筵席上會出什麼樣的菜呢？

水：什錦飯。還有連頭帶尾的鯛魚吧，或生魚片。還有煮物、金平牛蒡、羊栖菜什麼的。至於燉飯就看什麼季節，有時放蠶豆，有時放豌豆。

春：有沒有放魚一起煮的燉飯？

水：沒有，因爲魚很新鮮，生的就吃掉了。所以不會拿來煮燉飯。還有笠子魚，這種簡單就能捕到的魚……（以下聽不清楚。其實這對談是在澀谷一家像爵士酒吧的地方進行的，很吵鬧。現在正在播放查特・貝克的歌曲）……笠子魚的……才會拿來煮。放糖和醬油來調味、做成紅燒這樣煮法等。這樣很容易去骨頭，很美味喲。也有用鹽調味的。旗魚用鹽漬的就很鮮美。

春：這樣看來千倉這地方也是個物產相當豐富的地方嘛。

水：是很豐富啊。因爲畢竟是個有種花的地方。一般漁村有的直接就是山了，千倉的情況則有一點平原，也可以發展農業。

春：沒有西餐嗎？

水：沒有那種東西。連中華料理也沒有。

春：有沒有義大利麵或焗通心粉之類的……？

水：沒有沒有。你要是吃那個的話人家會跑來看呢。因爲，我在千倉是第一個製作聖誕樹的人。小時候啊，到山上去砍樹，結果，我媽啊，還去向棉被店要了棉花，潔白的棉花。結果還上報紙呢。

春：那眞不得了。

水：說到聖誕樹這東西，我啊，非常憧憬，很想弄一棵。非常想。所以我在紐約看到聖誕樹時，想起這就是我從以前就一直很憧憬的眞正聖誕樹啊，胸口都熱了起來。

春：那麼，以結論來說，千倉的食物，你會推薦什麼……。

水：還是鮑魚和龍蝦吧。只有那個是非常値得吃的。以前，和糸井重里胡鬧瞎混的時候，我不是常常回千倉去嗎？於是我說吃太多鮑魚，太陽穴都痛起來了，他是群馬人，結果，說我太過分了，生長在海邊也不必這樣說吧！

春：他們那裡只有蒟蒻吧？

水：說我在說風涼話。不過，眞的啊，回到千倉太陽穴就會痛起來。小時候啊，一到下午三點我媽就會把鮑魚啦、海螺啦，放在鍋子裡煮給我吃。那個啊，就像餅乾一樣當點心吃。

春：哦——鮑魚當點心。

水：雖然不覺得有多好吃，不過只有這種東西可以吃啊。要媽媽幫我烤海螺。這種煮的東西咬多了，下顎的肌肉會疲勞，太陽穴開始痛起來喲。就像在嚼像皮擦一樣。……還有，另外又讓糸井重里不高興了一次。他說要剝下蛤蜊的貝柱時可以從旁邊這樣一扭就剝下來，再這樣吃。於是我說在我們那邊吃貝杜會被罵。貝柱這種東西，不能算在貝類裡面。因爲肉已經夠多了，吃了貝類的肉就不會再去一一剝取貝殼上面附著的東西了。他好像因爲這話又受傷的樣子。還很在意呢。

春：靠海的人和靠山的就是不同啊。

水：還有藤壺。說到藤壺，很好吃噢，村上兄。藤壺的肉好像螃蟹一樣美味呢。你知道藤壺吧？就是會把腳割痛的東西。那個啊，可以用鐵鎚去敲。

春：鐵鎚……。

水：可以相當簡單地敲下來。把那個，用水煮，煮過後取出肉來吃。於是還有鹽味附在上面，鮮美得不得了。

春：好想大家來辦一次團體旅行去吃一頓。命名爲千倉之旅……。伸伸腿到千倉去的話，就可以吃到藤壺了。

水：藤壺可以吃到飽。

春：走吧！

「千倉衝浪即景」

請教安西水丸兄 3

春：水丸兄是在千葉縣的千倉度過少年時代的，聽說經常去衝浪，是這樣嗎？

水：嗯，用木板做成衝浪板。用那個衝浪。小時候。大小嘛，嗯，差不多是身高的一半左右吧。

春：那就比一般衝浪板小囉。

水：是小。可以想成洗衣板。寬度不到三十公分。把這個啊，這樣子抵著肚子噢，然後把手往前面伸出去。然後，肚子貼著水用手划水。搭上浪頭後就改成像托腮那樣的姿勢。那樣被嘩——地衝回到陸地上來喲。

春：那跟一般的衝浪一樣先游到海上去，再抓緊板子等浪頭衝過來是嗎？

水：有時候在等，然後也有沙洲對嗎？大概沒有露出水面。可是，我們知道在什麼地方，憑感覺喲。於是我們爲每一個沙洲取名字。爲了區別而取「牛」

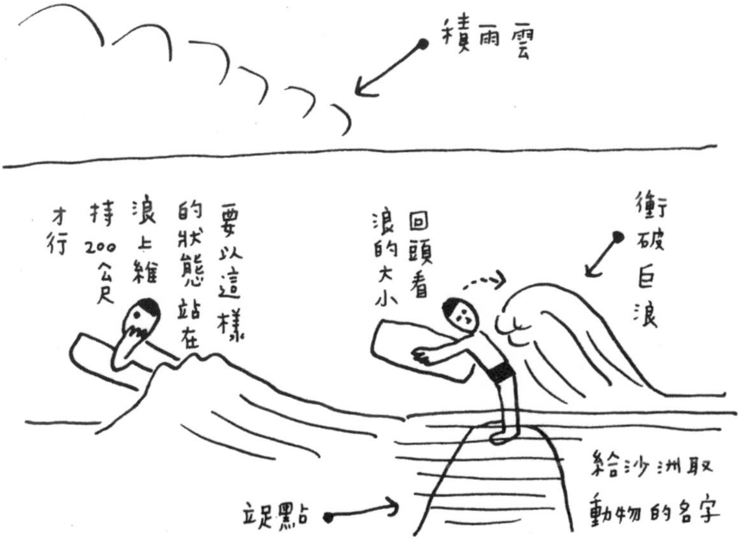

或「馬」。

春：牛、馬?!爲什麼會取這樣的名字呢？

水：嗯，我也不太清楚，不過我想大概是容易記吧，動物的名字。或者跟海浪的湧起方式有關也不一定。不過我也沒研究過，所以並不清楚。因爲大家都這樣說嘛，這是牛這是馬……。於是就站在那裡等浪來。小浪全部不理，只專心等大浪。

春：所謂的Big Wednesday，對嗎？

水：對對，Big Wednesday。浪啊，衝浪的浪，大的會連續來三次噢。八個小浪來過之後，會連來三個大浪。

春：眞是行家。

水：是行家啊。所以呀，第一個大浪讓它過去之後，第二個大浪的時候已經站不住了。

春：浪那麼大啊。

水：總之，周圍都很深對嗎？所以一定要想辦法腳站定在那沙洲上，等下一個大浪來才行。

春：可是沙洲很狹小吧？

水：是啊是啊，大概只有這張桌子這樣的大小。在那上面站了五六個人，一隻腳輕輕點在那沙洲上，等浪頭來。然後啊，搭上第一個大浪，在途中會掉落海裡對嗎？結果第二第三的大浪緊接著跟來，被那浪捲進去那可不得了，會很慘哪。那種時候就把板子，往浪湧來的方向丟掉。往海浪的方向投擲噢。然後潛到水裡去，那個，海裡不是有搗布嗎？海裡面。

春：搗布??

水：所謂搗布啊，寬度大約這樣，像海藻一樣的東西。根長得很牢固。把那個，一把緊緊抓住噢。

春：哦——嗯。

水：抓住根部安靜等候。然後會知道海浪已經過去了對嗎？這時候頭才露出水面，剛才丟掉的板子正好來到附近。像這樣，有各種技巧噢。呵呵呵。

春：更變成大行家了啊！

水：嗯，那個，有人到湘南一帶去衝浪對嗎？眞搞不懂他們。像稻村崎那種地方。浪那麼低又沒什麼翻湧的算什麼浪？到那邊去才更覺得千倉的浪眞可以載人呢。

春：湘南，眞不行噢。

「男人『早婚』是吃虧還是占便宜？」

請教安西水丸兄 4

春：最近，很多學生結婚是嗎？

水：是嗎？……。不知道怎麼樣。

春：不知道怎麼樣嗎？（故意這樣反問）就是啊，算是少的吧。

水：我正確說起來並不是在還是學生的時候就結婚的。是畢業後才結婚的。畢業以前，因爲是生長在守舊的家庭，所以，我自己，並沒有要在畢業以前結婚的想法。我們十九歲左右認識，不過結婚典禮是在就業後才舉行的。二十三歲的時候。

春：跟我幾乎差不多。我們也是在十八或十九歲時認識的，結婚是在二十二歲。

水：還是學生嗎？

春：因爲我大學讀了七年。我太太讀五年。她比我早兩年畢業。不過，結

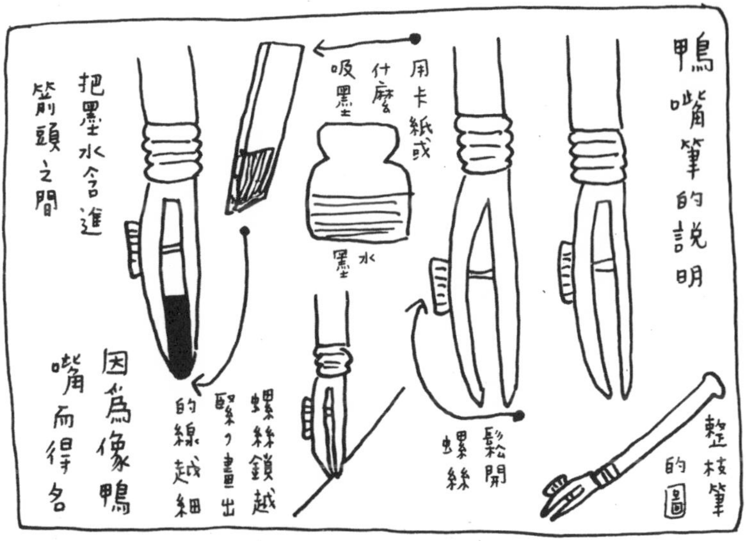

婚後我馬上就開始開店了。算是學生，同時也是店長。

水：確實你在國分寺，開一家可以聽爵士樂的店噢。

春：安西兄你們是怎麼認識的？

水：說來話長（笑）。

春：不過想聽啊。

水：我在日大的藝術系念插畫。我們家在做建築設計公司，一般應該是去唸建築系的，不過我卻念插畫。有一點慚愧，晚上就去專科學校學室內設計。在那裡偶然間，兩個人座位相鄰開始說話，這就是契機。我忘記帶製圖用的鴨嘴筆之類的，向她借用一下。

春：這麼一說，我們也是第一次上課時坐在旁邊。在早稻田，我們雖然主修不同卻同班。當時有班級討論會。學生運動的改革派走到前面去跟教授說：「老師，今天我們要討論，所以請停課好嗎？」老師說：「好。」就回去了。每天，都這樣搞噢。

水：我們那時候，女生的旁邊有空位，剛開始也沒有人去坐對嗎？男生女生同席，是碰巧的，沒辦法才那樣，沒得選擇了才坐的感覺。

春：我的情況，那討論的主題是「美國帝國主義侵略亞洲」。什麼都不知道的人，會提出各種問題來。問說，什麼是帝國主義？基督教女校畢業的人，這種事情什麼都不知道。我也大概的教她們。不久就熟起來了。

水：我跟村上差六歲對嗎，應該是。我四十一歲，村上三十五歲對嗎？

春：結婚生活已經過相當久了。

水：就是啊（笑）。

春：你有沒有想過，啊，結婚太早了？

水：沒有啊。不管結婚還是不結婚，想做的事都可以做嘛（笑）。話雖這麼說，不過倒沒有發生過什麼不妙的事情。

春：我也覺得現在的婚姻生活十分有趣。並沒有覺得後悔。因爲以前從來沒有過這麼有趣的人生。不過，我們並不是立刻就順利結婚的。我當時還有別的交往的女孩子，對方也經歷過種種事情，所以花了幾年時間之後才順利。在那之間，彼此分別去做自己喜歡的事，時機成熟了才在一起。到二年級爲止，我們還是以普通朋友的感覺在交往。

水：我也一樣，本來有交往的女生，後來不順利了。就在這時候我們認識的。因爲鴨嘴筆（笑）。對方已經在上班了。從專科學校回家的路上去喝茶，她還請我客呢。啊，這種感覺也不錯啊，這樣覺得。她算是讀了不少書的人，而且也喜歡看電影。

春：最近，我看一些年輕人的雜誌，想到，現在的年輕人如果沒有錢好像就沒意思似的。不會嗎？他們穿著相當好的衣服，好像沒有車子就不太行似的，有這種感覺吧？

水：有。要去湘南，如果沒有車子就不能約女孩子。東横線電車又到不了（笑）。

春：我們年輕時候，就算沒有錢並不會無聊，也不會羞恥，好像反倒有錢才異常呢。

水：總之只要夠錢能兩個人去喝咖啡，偶爾去看一場電影就是最大的奢侈了。非常快樂。大概只要走在街上就很快樂了噢。

春：想到錢的事情，是在結了婚之後吧（笑）。開店的時候借了錢。花了五百萬左右，我和太太兩個人打工存了兩百萬左右。然後向銀行貸款。貸了多少呢？大概兩百五十萬左右吧。怎麼算不對呀（笑）。不過總之，不夠的就借錢。

水：我也借了錢。我因爲不懂事，以爲結婚的話就一定要有自己的房子才行。所以就請房屋仲介帶我到處看房子，最後覺得好像不買不行似的。我們家在都心，所以想到最好是有雜木林的地方。就在井之頭公園附近買了。花三百五十萬。那是一九六五年。向銀行貸了一百七十萬。因爲兩個人都上班，所以心想只要一點一點的還應該還得了。

春：是啊。貸款非常好。

水：因爲會努力噢。

春：會產生類似連帶感的東西。

水：這樣想起來，還是早結婚比較好。好像變成在拼命找學生結婚的優點的對談似的啊（笑）。

春：結果，因爲助跑很長，所以結婚之後也非常輕鬆噢。

水：說到戀愛，如果有一方太賣力往前衝大多會失敗。男方剛開始如果熱過頭的話，女方會自信過度。相反的女方如果太迷戀，男的這方面就太輕鬆了。最好能以同樣的速度一直保持下去。喜歡的程度也大約相同，然後漸漸加溫是最好不過了。

春：我想早一點結婚的心情很強。因爲，我是獨生子。在家裡經常只有父母親在，沒有兄弟姊妹，經常處在從屬地位。所以很想早一點擁有自己的世界。還有也看對方怎麼樣。如果你有信心覺得這個人應該沒問題的話，三十歲結婚或二十一歲結婚都沒關係。如果懷疑的話就會更懷疑。

水：相反的，女人如果想在年輕的時候結婚或許比較辛苦吧。因為不知道對方將來會怎麼樣。像我姊妹占壓倒性多數，這種說法雖然奇怪，不過我身邊如果沒有女人的話就不行的樣子，有一點這種傾向吧。有一個好像不錯的對象出現時，就會很自然地想，啊，這個女孩子如果肯留在我身邊的話，我一定會事事順利。

春：常常有人說，男人晚婚比較好。可以在單身的時候認識各種女孩子。不過，冷靜想一想，這種事情該發生的量是有一定的。並不會因為是單身，所以女人緣就增加，我想並沒有這種事。

水：反而是結婚以後，這種機會更多不是嗎？

春：這種話說太多有點不妙吧（笑）。

水：最近辣的蘿蔔變少了啊（笑）。

春：都變成頭綠色味道圓潤的了。

水：噢，話題改變了，還要談別的嗎（笑）？

春：婚姻生活很久了，但我並不覺得彼此有什麼改變。

水：去旅行的時候，或去喝咖啡的時候，這種時候的快樂並沒有變。

春：男人如果對人生放棄了，覺得就這樣程度一點一點的過下去，認爲家庭就是這樣程度了，那就完了不是嗎？我們兩人有夫妻是彼此對等的這種緊張感，也有不想讓對方看不起的地方。

水：多少是有。就算有點奇怪的地方也要能互相理解，男人要有這種包容心。人類並不可能永遠讓對方喜歡，覺得順眼滿意。

春：生活下去之間，我覺得緊張感是要自己製造的。可以稱爲thrill吧。這個我認爲不管單身或結婚都一樣。

水：雖然會比較累，不過，在家裡的穿著方式，說起來我覺得也很有意思。什麼都不在意地活著，我覺得也不太好。

春：例如，在家裡我絕對不會穿得邋邋遢遢的。經常都穿得整整齊齊的。這已經成習慣了。

水：常常有在公司上班的人，說一回到家就只有看電視和睡覺。我也當過領薪水的上班族，不過卻沒有這樣做過。

春：我首先，如果太太在說話我會聽。然後說出我的感想。不會洗好澡只穿一條短褲就一直晃來晃去之類的。早晨，一定會，刮鬍子。還有雖然是小事情，不過不會在人家面前放屁。這種程度的事，是很基本的啊。如果做的菜很美味會說：「好豐盛」之類的，對方做菜的話，我會洗碗。像這些自己身邊的事要自己確實整頓好，自己的衣服自己燙之類的。還有……什麼呢？我在說什麼啊（笑）。

水：我們家的情況雖然有點不同，不過基本上，我想是一樣的。

春：我的情況，就像是小時候的延長那樣，所以會覺得如果不互相預先定下明確規則會行不通。我們年輕時候是常春藤校風的全盛時期，很流行VAN西裝的時代，不是嗎？大家都很愛穿得帥。結婚以後，某種程度，還是感覺不能不注意穿著。慢跑的時候，進家門以前先好好調整好呼吸。把汗也擦一擦（笑）。

水：雖然彼此已經很了解了，不過，可能還有未知的部分，這樣的緊張感。如果沒有，就會鬆垮掉對嗎？

春：我住的那地方，附近幾乎全都是上班族的家庭。白天只有婦女。看著覺得好洩氣。她們真的穿得很隨便。鬆垮垮的。穿著拖鞋抱著一大堆特賣的衛生棉。看來好像，洩了氣似的活著。

水：那樣實在不好。自愛的人，還是會光鮮整齊地去買東西喲。有些女人上了年紀還很漂亮對嗎？那種人，一定是自己還在做一點什麼事。

春：所謂自己的生活風格只能靠自己去創造。話雖這麼說，二十幾歲的前半忘我地熱中於一些事情，後來是在努力中增長年紀……。雖然花時間，好像在繞遠路似的，不過那樣卻最確實。今天，談話變得相當嚴肅啊（笑）。

水：如果認識現在的年輕女孩子——只是假設而已——你覺得能適應嗎？

春：嗯，有自信。時代雖然變了，但我想人的容量沒有變。就算趨勢改變了，基本卻沒有變。以前，我曾經採訪過青山學院的女生，有趣的是，她們非常現實。例如對方不能沒有汽車，就業一定要去一流公司，那種地方很多人捷足先登了。我想我可能不會跟這些人交往吧。比方跟她們交往到結婚的地步（笑）。

水：如果喜歡上了，我想那種女孩子可能也不會對男方說這種事。我是不是太天眞呢？這種想法。

春：現在有某一種閉鎖狀況。我們那時候經濟高度成長，就算暫時沒錢，不過只要努力就可以變得有錢一點，或變有名。現在卻沒有這種情況。現在的男孩子往前看時往往會有一部分感到灰心。女孩子對這方面感覺很敏銳，所以她們會往有錢、有才華、頭腦好、高學歷的方向去找對象。

水：原來如此。像我是很直地看女性。不是看美或不美這方面，而是覺得臉好像看起來很舒服的人，內心也比較堅強，談起話來比較有趣，個性也比較好。像這些從看起來的感覺就可以知道噢。

春：我算起來比較不會喜歡所謂的美人。我喜歡感覺這種類型是我喜歡的偏好感。這種臉，只有我能夠正確欣賞給予好評，如果有這種感覺，是最好了。

水：嗯，這種優點可能別人無法理解，有人就是有這種魅力。就像村上兄小說中所出現的那種瀟灑對話……？

春：不，完全沒有。我因爲不開車所以都搭電車對嗎？有時候會有人開口向我打招呼。這個，我眞不行。所以我現在也不太搭電車了。只在家裡附近散步而已，不太上街走動。然後就是買東西買好就回家，喝喝酒聽聽唱片這樣的生活類型。安西兄，現在還住青山吧？

水：在路上擦肩而過，啊，好可愛的女孩。因爲有很多這樣的女孩呀。

春：眞好。

水：怎麼樣才能開口跟她們說話呢？我每天都在想。

春：只有在想嗎……？

水：例如，有一個村上兄帶來的女孩子，當場介紹過了，隔幾天後打電話來，說今天晚上可以去玩嗎？如果是這種感覺的話，很自然就能成爲朋友對嗎？如果不是這樣的話，只是走在路上，心想，啊，好可愛，也一點都沒辦法。想到人家可能已經有男朋友了吧，就會覺得非常遺憾（笑）。

春：那麼，下次我帶你去一次咖啡吧好嗎？

水：好啊。

附錄(1) 咖哩飯的故事

文字◎安西水丸
插圖◎村上春樹

我很喜歡咖哩飯所以常常吃。一星期要吃三次。

不知道是什麼時候開始喜歡咖哩飯的，不過小時候住千倉的時候，好像就已經喜歡了。

千倉是千葉縣房總半島南端的海邊小鎮，我從三歲左右開始到初中畢業爲止，和母親兩個人住在那裡。

小時候這個村子並沒有賣肉的店鋪，感覺上肉是在東京的姊姊們有時候來千倉玩的時候帶來給我們的東西。

我以前討厭吃肉。

我想母親可能是爲了讓不吃肉的我能多少吃一點肉，才想出咖哩飯的吧？只有在吃咖哩飯的時候我會吃肉。雖然如此，我還是覺得用千倉的海裡能捕到的海螺、九孔、笠貝等做出來的咖哩飯才更壓倒性地美味。

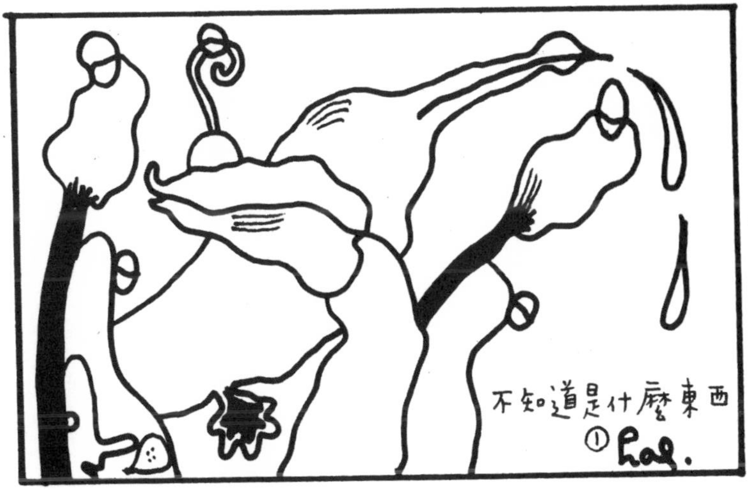

咖哩飯似乎是小孩最先會上癮的食物的樣子，就像流氓用迷藥讓不聽話的女人上癮一樣，母親也讓不吃肉的我對咖哩飯上癮。上癮狀態侵蝕我的肉體長達四十年之久，現在我有時候還會為犯癮症狀所苦，而一面冒著冷汗一面衝進新宿的中村屋去。

大約十年前，我曾經在歐洲四處旅行，那時候也曾經被這種犯癮症狀所襲擊，我想如果搭乘印度航空的話，說不定飛機餐會有咖哩飯，所以還把原來預定的TWA機票取消，冒著冷汗跑到印度航空的櫃台去。飛機上確實有咖哩飯，不過卻和在日本吃的味道完全不同，開始覺得很不舒服，向空服員要了藥和水喝下去才睡著。

如果能容許我吃最後的晚餐的話，我會毫不遲疑地點這個：咖哩飯，一片紅肉西瓜，一杯冷水。

轉變一下話題，上野的西洋美術館裡有一件作品叫做〈加萊的市民〉*，是羅丹創作的雕塑。

雖然跟咖哩飯沒關係，不過這件雕刻的結構無論從任何角度看都沒有一分疏失或瑕疵，眞了不起。

冬天寒冷的日子，一面吐著白氣一面在這雕刻的周圍慢慢繞圈子也很棒。

*譯注：日文中，「加萊」和「咖哩」的讀音相同。

附錄(2) 東京街頭都電消失前的故事

文字◎安西水丸
插圖◎村上春樹

從什麼時候開始東京街頭的都電不見了呢？

只要查一下可能馬上就會知道，不過我倒很喜歡，有一天早晨走出街上都電已經從東京街頭消失了，這種感覺，於是決定這樣想。

我高中時代，曾經從赤坂搭電車到九段的一家私立高中上學。春天櫻花季節從三宅坂附近到九段上附近的櫻花只能說是美得不得了的地步。風一吹就飛舞飄落的櫻花花瓣，飄進都電的車廂裡來，飄落在共乘同一車廂的女學生頭髮上，這種感覺也相當美好。

我去朋友家玩的時候，去百貨公司或看電影的時候也幾乎都搭都電。前幾天因爲接年鑑的插畫工作而和橫尾忠則先生見面。和橫尾先生交談當然是第一次，有點緊張，不知道該說什麼好。

其實，那還是學生時代。

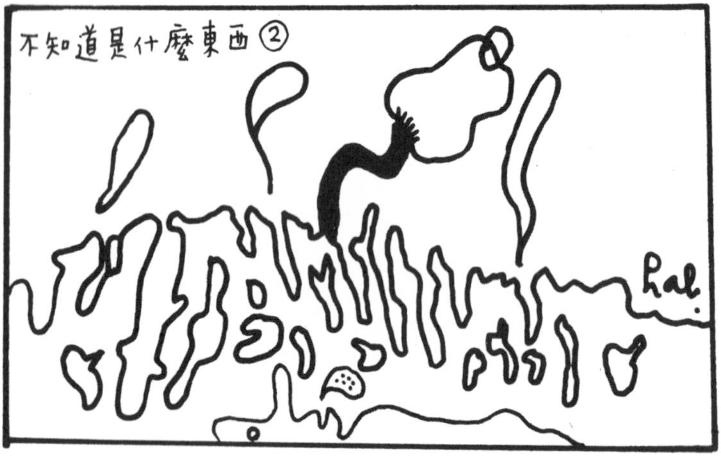

現在的銀座新力大樓一帶，那時地下鐵稱爲西銀座站，都電則稱爲數寄屋橋站。17號都電從那數寄屋橋開出，經過後樂園，行駛到池袋。我在銀座逛著逛著走到數寄屋橋的時候，看到一個短髮白襯衫的年輕人正憂鬱地從17號都電的車窗裡望著窗外，那就是在雜誌上經常看到的橫尾忠則先生。於是我把這件事情告訴橫尾先生，橫尾先生只說了一聲：「是嗎？」露出那獨特的羞赧笑容。

最近我走在赤坂一帶，對於一木通的變化之大感到驚愕不已，那地方在我大學生時代還只有一間喫茶店而已。名字叫做"Mituru"，有點像同性戀的名字，不過因爲只有一間，所以和朋友有什麼祕密話要談的時候，經常會去那家“Mituru”。

ＴＢＳ還沒有像現在跟電影《六壯士》中希臘愛琴海邊的要塞納巴龍一樣龐大，而是像九十九里濱的防波堤一樣小的那種感覺，不過還是有個小電視塔附在建築物上。倒是從ＴＢＳ之丘眺望剛剛落成、金光閃閃的東京鐵塔，看起來像東京土產的裝飾品那樣，好令人懷念。我記得電影《庫斯拉》也出現過那金光閃閃的東京鐵塔……。

這是都電從東京街頭消失之前不久的事。

後記

雖說是後記，不過想寫的東西在本文中已經大致寫過了，並沒有什麼特別要追加說明的事。不過總之，對我來說這好像是第一本雜文集，就像在本文中也寫過的那樣，是在《日刊打工新聞》連載一年九個月的專欄集合成冊的。

不過雖說在《日刊打工新聞》上連載過，但是《日刊打工新聞》電視廣告上出現名字叫做春樹君的地藏菩薩跟我完全沒有關係。在這裡聲明一下免得誤會。

話說回來，《日刊打工新聞》這家公司，午餐時間好像有購買廣告時段的樣子，爲什麼呢？FM電台廣播從中午十二點開始播出節目，仔細看看蕎麥麵店的電視上也常常可以看到廣告。

我想那大概是爲了沒有工作的人，中午以前才慢吞吞地起床、開始刷牙（或者甚至不刷牙），就直接到麵店去一面看電視一面吸哩呼嚕吃著大碗蕎麥麵，或在廚房一邊燒開水，一邊聽FM廣播、吸著速泡杯麵時，想傳給他們「這樣不行，要好好工作」的訊息吧？確實無賴般的生活繼續下去，中午以前才醒來，一個人無精打采地吃午餐，也很傷感。太陽正耀眼，望一望四周全都是正在工作的人的模樣。這時候，播出《日刊打工新聞》電視廣告時，或許眞的會湧出：「好吧，下定決心來打工看看。」的決心。

《日刊打工新聞》如果是以這樣的理由，才在中午播出電視廣告的話，我覺得觀察倒是相當敏銳。《日刊打工新聞》的廣告人很偉大。嘿，山口昌弘，有沒有在讀？我在誇獎你呢。

我在本文中雖然明白寫了山口昌弘的壞話，不過並沒有惡意，爲了那件事山口被上司叫去嚴厲地告誡一番，對這點我眞的覺得過意不去。

還有本文中我寫了：「最近情人節我一個巧克力也沒收到，只做了蘿蔔乾吃」之後，負責這個專欄的山崎小姐和清水小姐兩位女士就送我巧克力，好像是報公帳買的，很抱歉。安西水丸兄每次看到人家的臉就會說：「作家很受女孩子歡迎眞好啊。」不過沒這回事。而且居然連對我老婆都說：「太太，作家很受女孩子歡迎，所以很擔心吧？」別這樣說好嗎？這種話說了會有後遺症的。

一九八四年六月
村上春樹

藍小說叢書946

村上朝日堂

作　者—村上春樹
繪　者—安西水丸
譯　者—賴明珠
副總編輯—葉美瑤
編　輯—邱淑鈴
圖說手寫字—阿尼默
美術設計—陳文德
企　畫—黃千芳
校　對—賴明珠、姚明珮、邱淑鈴

董事長—趙政岷
出版者—時報文化出版企業股份有限公司
108019台北市和平西路三段二四〇號三樓
發行專線—（〇二）二三〇六—六八四二
讀者服務專線—〇八〇〇—二三一—七〇五・（〇二）二三〇四—七一〇三
讀者服務傳眞—（〇二）二三〇四—六八五八
郵撥—一九三四四七二四時報文化出版公司
信箱—10899台北華江橋郵局第九十九信箱
時報悅讀網—http://www.readingtimes.com.tw
法律顧問—理律法律事務所　陳長文律師、李念祖律師
電子郵件信箱—liter@readingtimes.com.tw
印　刷—紘億彩色印刷有限公司
初版一刷—二〇〇七年十一月五日
初版十二刷—二〇二四年五月八日
定　價—新台幣二七〇元
（缺頁或破損的書，請寄回更換）

時報文化出版公司成立於一九七五年，
並於一九九九年股票上櫃公開發行，
於二〇〇八年脫離中時集團非屬旺中，
以「尊重智慧與創意的文化事業」爲信念。

村上朝日堂 / 村上春樹著；安西水丸圖；賴明珠譯. -- 初版. -- 臺北市：時報文化, 2007.11
面；　公分. --（藍小說；946）

ISBN 978-957-13-4744-8（平裝）

861.6　　96019447

MURAKAMI ASAHIDO by Haruki Murakami
Copyright © 1984 by Haruki Murakami
All rights reserved
Originally published in Japan
Chinese (in complex character only) translation rights arranged with
Haruki Murakami, Japan
through THE SAKAI AGENCY and BARDON-CHINESE MEDIA AGENCY

Illustrations Copyright © 1984 by Mizumaru Anzai

ISBN 978-957-13-4744-8
Printed in Taiwan